犯人は
京阪宇治線に乗った

西村京太郎

双葉文庫

目次

十津川警部
犯人は京阪宇治線に乗った

第一章　運転免許証

1

　葛西信《かさいまこと》、三十歳と、谷村有子《たにむらゆうこ》、二十七歳が同棲生活を始めて、今年で五年になる。

　五年前も、今と同じような、狭いアパート暮らしだったが、今と違っていたのは、二人とも若くて、三年以内に、映画で主役をやるか、連続テレビドラマの主人公をやるという夢を、持っていたことである。二人とも、自分たちには、簡単にできそうな気がしていたのだ。

　葛西は、今でいうイケメンだったし、谷村有子は、スタイルもよく、美人だった。

しかし、そんなに簡単には、成功の甘い果実は手に入らなかった。三年経《た》っても、主役を張るどころか、二人とも、その他大勢の役で、悪戦苦闘していたのである。

さらに二年経ってしまった。どちらかが、成功したら、結婚式を挙げようと、いっていたのだが、五年経った今でも、葛西信も谷村有子も、これといった、大きな役にはつけず、役者の仕事がない時は、アルバイトをして、すごしている。

この日も、葛西は、アルバイトで三鷹《みたか》の建築現場にいた。

谷村有子も、今日は、役者の仕事がなく、アルバイトで、渋谷《しぶや》にいっているはずだった。

葛西は、午後八時に、仕事が終わり、日給九千八百円が、支給された。

電車を乗り継いで、大岡山《おおおかやま》の自宅アパートに帰る。駅前のスーパーで、タイムセールで安くなった弁当二つと、缶ビールを二本買って、歩いて、二十分ばかりのところにあるアパートに帰った。

谷村有子のほうが、先に、帰っていた。

「今日も疲れた。とりあえず、ビールでも、飲もうじゃないか」

葛西は、自分も元気づけるように、テーブルの上に、買ってきた、弁当と缶ビールを、置いた。

谷村有子は、ビールを飲んでから、

「ちょっと、これを見て」

と、運転免許証を、葛西の前に、置いた。

葛西が、それを手に取ると、有子に向かって、

「君の運転免許証じゃないか。免停は、もう解除されたのか？」

「違うわ。よく見て。私の運転免許証じゃないのよ」

と、有子が笑った。

「しかし、ちゃんと、谷村有子に、なっているじゃないか」

「ちゃんと見て。ゆうこのゆうという字が違うのよ。私の名前は、にんべんのつかない有だけど、この人の免許証には、にんべんがついた、侑子《ゆうこ》になっているでしょう？」

そういわれて、葛西が、もう一度見直すと、なるほど、谷村まではまったく同じ字だが有子の有の字が違っていた。有子のいうとおり、この免許証には、にんべんがついて、谷村侑子となっていた。

それに、免許証の写真の顔は、谷村有子ではない。彼女とは、明らかに、違っ

ていた。別人である。その顔は、葛西もしっている女だった。

「この写真だけど、新藤美由紀《しんどうみゆき》じゃないのか？」

葛西が、きいた。

「そのとおり。これ、新藤美由紀の、免許証なのよ。免許証だから、芸名じゃなくて、本名になっているの」

と、有子が、答えた。

「この免許証がどうして君の手元にあるんだ」

と葛西がきいた。

「拾ったのよ」

と、こともなげに有子がいう。

新藤美由紀は、すでに何本かの映画のヒロインを演じている売れっ子だった。

「新藤美由紀の本名が、君と一字違いとはしらなかったな。しかし、すぐに返してあげたほうがいいんじゃないのか？」

葛西が、いった。

「私も、最初は、そう思ったんだけど、何だか癪《しやく》に障《さわ》って、すぐには、連絡する気が起きなかったの」

有子がいう。

「どうして、癪に障ったんだ？」

「芸能界に入ってから、新藤美由紀の本名の読みが、私と同じたにむらゆうこだとしったんだけど、同じたにむらゆうこなのに、えらい違いだなと、思って、新藤美由紀には、ずっと、腹が立っていたの。だから、すぐには連絡したくなかった」

有子が、いう。

「君の気持ちはよくわかるよ。俺だって、葛西信という俳優が、もうひとりいて、そいつが、売れっ子だったら、腹が立つに違いないと思う。だが、明日になったら、新藤美由紀に連絡したほうがいいな」

と、葛西が、いった。

2

翌日、二人は、いつもより遅くまで寝ていた。たぶん、アルバイトの疲れだろう。

有子は、ベッドから起きあがると、携帯電話で、新藤美由紀の自宅に、連絡した。

新藤美由紀の自宅は、杉並《すぎなみ》区の永福《えいふく》である。

有子は、そこに電話をかけた。呼び出し音が鳴っているのだが、いくら待っても、電話には誰も出てこなかった。

「出ないわ」

有子は、怒ったような口調で、葛西に、いった。

「まだ、寝ているのかしら？」

「いや、そんなことは、ないだろう。本人が、寝ていたって、マネージャーがいるだろうし、お手伝いだって、いるに違いないからな」

葛西は、有子に代わって、自分の携帯電話で電話をしてみた。

やはり、同じように、呼び出し音が鳴っているのがわかる。それでも、一向に、誰も、出る気配がなかった。

「しょうがないな。新藤美由紀が所属しているプロダクションに、電話をして、この免許証を、返すことにしようか？」

葛西が、いうと、有子は、

「馬鹿らしい」

「しかし、新藤美由紀本人だって、免許証をなくして、困っているんじゃないのか？」

葛西が、いうと、

「馬鹿ね」

有子が、いった。

「去年だったかしら『お宅拝見』という番組に、新藤美由紀が、出たことがあるの。大きな家だったわ。芝生の庭にはプールがあって、お手伝いさんがいて、運転手もいて、車を二台持っている。一台はベンツで、もう一台はポルシェだったわ。そんな、贅沢《ぜいたく》三昧《ざんまい》している女に、わざわざ、なくした免許証を、届けてやる必要なんてないんじゃないの？」

と、有子が、いった。

有子は、怒り出すと、止まらないところがある。

葛西は苦笑し、インスタントラーメンの遅い朝食を、すませると、

「俺、昨日と同じ、建築現場のアルバイトがあるから」

と、いって、先に部屋を出ていった。

今日のアルバイトは、昨日と同じように、三鷹の建築現場での力仕事である。

昼休みになった時、有子のことが心配になって、電話をかけてみた。

すぐに、有子が、出た。

「何？」

「いや、少しばかり、君のことが心配になってさ。あの免許証、まだ、返していないんだろう？」

「まだよ。もう少し、困らせてやろうかと思っているの。新藤美由紀って、無名の頃はおとなしかったらしいけど、売れてきたら、天狗《てんぐ》になって、今は、相当な、わがままなんですって。だから、懲《こ》らしめてやろうと、思って」

と、有子が、いった。

今日も午後八時まで働き、日当をもらって、葛西は、アパートに、帰ることにした。

このところ、葛西は、同じようなアルバイトをし、それなりの日当をもらって、同じように大岡山で降りると、駅前のスーパーで、安くなった弁当二つと、缶ビール二本を買って帰る。今日も、有子が、先に帰っていた。

「今日は、何をやっていた？」

と、葛西が、きいた。

「今日は疲れたから、アルバイトを休んじゃった」

と、有子はいったが、それでも、なぜか、にこにこしていた。

「何か、いいことがあったのか？」

と、葛西が、いった。

彼は今、映画やテレビの仕事に飢えていた。その他大勢でもいい。俳優と無関係の力仕事をするよりは、安くても、芸能界に関係のある仕事をしたいのだ。

「別に、何もなかったわ」

「じゃあ、何かうまい話でも、飛びこんできたのか？」

と、葛西が、きいた。

「そうじゃないの。ちょっと冒険してみたの」

と、有子が、いう。

「冒険って、何だ？」

「自動車を運転してきた」

有子がにやっとした。

二人は、中古の軽自動車を持っている。ただし、運転免許証を持っているのは、有子のほうである。

しかし、有子は、免許停止に、なっているはずだった。

「しかし、車を運転してきたって、君は今、免停中だろう?」

「でも、免許証が、あるわ」

有子が、笑った。

「まさか、あの免許証を持って、車を運転したんじゃないだろうね?」

「それが、運転していたのよ。だって、免許証があるから」

と、有子が、また笑った。

「しかし、写真が、違うだろう?」

「写真? 私の写真を貼ったの。少しどきどきしたけど、何も起きなかったから。でも、不思議なものね」

「何が?」

「確かに、他人の免許証だけど、同じような名前だから、もし、捕まっても、免許不携帯ではないからと思って楽しんで乗っていたら、意外なものね。検問にまったく引っかからなかったわ」

有子は、楽しそうにいう。

「危ないことは、やめたほうが、いいぞ。もし、捕まって他人の免許証を、持っているのがわかったら、別の罪になるかもしれないからな」

葛西は、本気で、心配した。

翌日も、葛西は、三鷹の建築現場に、出かけていった。

一方、葛西に、注意されたことが、逆に、有子の気分を、刺激することになったらしい。例の運転免許証を持ち、軽自動車を運転して、どこかに、いってしまった。有子は、行き先を、いわなかった。葛西が心配して、うるさく注意するのが、いやだったかららしい。

その翌日も、有子は、例の新藤美由紀の運転免許証を持って、軽自動車でドライブに、出かけた。

ところが、環八《かんぱち》から甲州街道《こうしゅうかいどう》に入り、新宿《しんじゅく》に向かって五、六分走ったところで、一斉検問に捕まってしまった。

例の運転免許証を、見せたが、警官に、他人の運転免許証だと、簡単に、見破られてしまった。

仕方なく、数日前に、この運転免許証を拾ったことをいい、たまたま名前が、同じようだったので、使う誘惑に、負けてしまったと、有子は、正直に話した。

「この免許証の持ち主が困っているだろうということは、考えなかったのかね？」

中年の警官は、妙にお説教じみたことを、いった。

「この免許証ですけど、お巡りさん、誰なのか、わかります？」

有子が、きいたが、中年の巡査は、何も答えない。おそらく、新藤美由紀の本名をしらないのだろう。

「あの新藤美由紀さんの免許証なんですよ。谷村侑子というのは、彼女の本名ですから」

有子は、得意げに、説明すると、警官の表情に驚きの色が走った。

警官が、新藤美由紀に、連絡をしてはっきりするまで、有子は、世田谷《せたがや》警察署に、留められた。

夕方になって、やっと、警察は、新藤美由紀と、連絡が取れたらしい。

「新藤美由紀さんというのは、なかなかいい人じゃないか」

中年の警官が、いう。

「本人がきたんですか？」

「いや、彼女のマネージャーが訪ねてきた。いいかね、君には、いろいろな罪が、加わるんだ。免停中の無免許運転、他人の免許証を拾って、それを、使用したこと、自分の写真を貼って偽造したことだ。ただ、初犯だし、運転中に、事故を起こしたというわけではないから、少しは、考慮されるとは思うが」

「罰金を払うことになるんですか？」

「かなりの額になるかもしれないな」

「私、そんなお金、持っていませんけど」

「いや、新藤美由紀さんのマネージャーが、立て替え払いを申し出てくれたんだよ。だから、いい人だといっているんだ」

「どうして、払ってくれるんでしょう？」

「マネージャーは、こういっていた。新藤美由紀が免許証を落としたのも、それから、同じ名前の谷村有子という人が拾ってくれたことも、すべて、運命だと思います。うちの新藤は、日頃から、運命を大事にしているので、拾ってくれた人が、罰金をいい渡されることになるのなら、代わりに、払ってあげなさい。そういわれてきたと、マネージャーは、いっているんだ。だから、新藤美由紀さんという女優さんは、いい人だと、いっているんだよ」

「それで、あの免許証は、どうなったんですか？」

「もちろん、本当の持ち主に、返した」

「私の写真を、貼ったままですか？」

「君が、ぴったりと、貼ってしまっていたから、なかなか剝がれなかったんだよ。それで、マネージャーは、仕方なしに、そのまま持っていった。そのことに、何か、不満でもあるのかね？」

「いいえ、別に、何の不満もありませんけど」

「それから、君は免許取消になることを覚悟しておいたほうがいい」

「はい」

「それなら、あの車は、しばらく、こちらで預かっておく」

警官が、いった。

3

有子が大岡山のアパートに、帰ってきた頃には、周囲は、すでに、暗くなっていた。

今日は、葛西のほうが先に帰っていたが、

「何かあったのか？」

と、葛西が先にきいた。

「散々な目に、遭ったわ」

「どんな?」

「正直にいうけど、今日も、あの免許証を持って、ドライブにいったの。そうしたら、新宿の近くで一斉検問に捕まってしまって」

「ばれたんじゃないのか?」

「そうなの」

「当たり前だろう」

と、葛西が、笑った。

「それなのによく、今日中に帰してもらえたもんだな」

「それが変なのよ。あの免許証、新藤美由紀の免許証だといったので、お巡りさんが、彼女に電話をしたら、マネージャーがやってきたらしいわ。その上、罰金まで新藤美由紀側が、払ってくれるというのよ」

「よかったじゃないか」

「よかったけど、どうにも、おかしいわ。どうして、そんなに、優しくしてくれるのかがわからない。もし、私が新藤美由紀だったら、自分の運転免許証を、拾って偽造し、それを使って、運転していた女なんか、殴りつけてやるわよ」

「向こうさんは、事件には、したくなかったんだろう」

葛西が、いった。

「ああ、そういうことか。確かに、そういうことかも、しれないわね」

有子は、あっけなく納得した。

「それはそうと、君がいない時に、電話がかかってきたよ。中央テレビで仕事があるそうだ。嬉しいことに、僕も一緒に、出るようにといってくれた」

「素晴らしいじゃないの。それで、どんな仕事なの?」

有子が、きいた。

「電話では、詳しいことは、きけなかったが、京都《きょうと》の仕事で、明日、必要な書類と、京都までの新幹線の切符を、送ってくれるそうだ。仕事が始まるのは、五月十五日から。拘束は、一週間の予定だと、いわれた」

「まともな仕事、久しぶり」

と、いって、有子が、にっこりした。

4

翌日、二人とも、アルバイトにはいかずにいた。午後になって、仕事の内容を書いた書類と、東京・京都間の新幹線の切符が送られてきた。

その書類を読んでみると、今年の夏から始まる十三回連続のミステリードラマで、二人に割り当てられた役は、東京から京都に観光にきた夫婦の役だという。その夫婦が、京都から宇治《うじ》にいく宇治線の窓から殺人事件を目撃するという、そういう設定になっていた。多くはないが、一応、台詞《せりふ》もあると、書類には書いてあった。

有子も喜んでいるし、葛西も嬉しかった。その他大勢の出演でも、二人は、ばらばらに出ることが多い。

だが、今度のドラマは、二人一緒に出られるというし、十三回の、連続ドラマなら、うまく頼めば、最後まで出してもらえるのではないかと、葛西は、思っていた。

二人は、近くの書店で、京都の地図や、宇治線の案内本を、買ってきて、どんなところなのかを調べてみた。

宇治線というのは、京阪電鉄《けいはんでんてつ》の、いわば支線である。京都から乗り継いで、途中の中書島《ちゅうしょじま》という駅で、宇治にいく宇治線に乗り換える。

宇治線の沿線は、史蹟《しせき》とお寺の多い、いかにも観光地というところらしい。

東京から京都までの新幹線の切符は、自由席ではなくて、指定席になっていた。そのことも、二人には、嬉しかった。

二人が所属しているのは、新東京プロダクションという事務所である。葛西は、そこに電話をした。

「明日から、中央テレビの『愛する目撃者』というドラマに、出ることになったんですが、どなたが、僕たちを、推薦してくださったのかわかりますか?」

葛西が、きいた。

電話に出た、マネージャーは、

「それが、こちらから持ちこんだのではなくて、中央テレビからの推薦なんだよ」

「中央テレビの、推薦ですか?」

「ああ、そうだ。特に、君と谷村有子を指名して、推薦してくれたらしい。『愛する目撃者』という題だからね、君たち殺人を目撃した二人が、ドラマの、柱になっているかもしれない。うまくいけば、十三回ワンクールすべてに出演できるかもしれないぞ。今まで、君たち二人は、不遇だったが、ひょっとすると、これが、成功への第一歩になるかもしれない。向こうにいったら、一生懸命、頑張ってくれたまえ」

と、マネージャーが、いった。

5

五月十五日、指定された新幹線で、二人は、京都に、向かった。

京都に着くと、ホテルに入った。

Kホテルのロビーには、今度のドラマに出演する人たちが、すでに、集まっていた。映画やテレビで活躍している有名な俳優の顔もあった。

監督が、簡単な挨拶をし、助監督が、集まった全員に、ドラマのシナリオの最終確認をしていた。

最初に話をきいた時は、葛西と有子の二人は観光客で、宇治線に、乗っていて、窓から殺人を目撃する話になっていたが、シナリオを読むと少し違っていた。

二人は、宇治線の沿線にいて、電車のなかで起きる殺人事件を、偶然、目撃するというストーリーだった。

ドラマの主人公は、京都で有名な、料亭の息子になっている。

その息子が、自分よりも年上の人妻と、不倫をしている。二人の関係が、どうしようもなくなって、主人公の男は、その人妻を、宇治線の車内で、殺してしまう。

ばれないように、思い切った変装をする。いつもの彼は、和服姿なのだが、この日は、洋服で、ちょび髭《ひげ》を、生やしている。

愛人のほうは、いつも着物なのだが、この日は、洋服を着て、二人で、宇治の平等院《びょうどういん》にいこうと、男が、誘った。

葛西と有子の二人は、東京から、京都にきた夫婦という、設定である。

宇治線の電車が、六地蔵《ろくじぞう》と木幡《こはた》との間を走っているとき、男は女を殺し、すぐ逃げる。

それを葛西と有子の二人が、目撃するというストーリーである。

ただ単に、目撃しただけでは、殺人を見たという証拠には、ならないから、葛西も妻の有子も、二人揃って鉄道ファン、特に夫は、いつも、大きな望遠レンズのついたカメラを持って、電車を撮りまくっているという設定になっている。

この日も、宇治線の電車を、撮ろうとして、線路の近くで、カメラを、構えていた。

妻は、ポケットカメラを使って、撮ろうとする。

無関係の人間に、邪魔をされると、ストーリー進行に支障をきたすから、二人とも、人気《ひとけ》のない場所で、カメラを構えて、中書島から宇治に向かう電車を撮っているという、設定である。

監督や助監督などは、電車のなかにいて、愛人の人妻が、殺される場面を、レンズに収めることになっていた。

葛西と有子の二人を、撮影の現場に案内するのは進行係の大久保《おおくぼ》圭太《けいた》という、若いスタッフだった。

撮影現場は、宇治線の六地蔵、木幡間沿線にある貸しビル付近である。

そのビルに隠れるようにして、葛西が、三脚を立て、望遠レンズつきのデジタルカメラを設置する。有子のほうは、その少し離れたところから、ポケットカメラを使って電車を撮る。

「あと五、六分で、電車がきますから、葛西さんは、ぱちぱち写真を撮っていてください。有子さんは、そうですね、少し離れたところから、電車を撮る。それで、いきましょう」

と、大久保が、いった。

鉄道ファンというのは、やたらに、好きな電車を連写するという。目の前にきた時に写すのではなくて、電車が、視界に現れた時から、ずっとシャッターを押し続けるのだそうだ。

大久保は、葛西に向かって、

「ずっと、電車を狙っていてください。そのなかに、車内の殺人の様子が、偶然写るという設定ですから。それだけを、狙っていたら、殺人を、予見していたことになって、おかしくなってしまいますから」

と、いった。

葛西の視界のなかに、宇治線の電車が、見えてきた。

大久保に指示されたとおりに、葛西は、必死になって、望遠レンズのなかに、電車を入れていく。

いわゆる、流しという、撮影方法である。

狙った電車の、窓のなかで、殺人事件が起きていて、それを偶然、写してしまう。

電車が、葛西の視界のなかから、消えた。

葛西は、ほっとして、シャッターから手をはなして、少し離れた場所から、ポケットカメラで電車を狙っているはずの、有子に、声をかけた。

しかし、返事がない。

「おい、有子、どこにいるんだ?」

葛西は、周囲を見回した。

6

いなくなっていたのは、有子だけではない。

この場所に、二人を、車で連れてきた進行係の若い大久保圭太も、車も消えていた。

(二人とも、いったい、どこへいったんだ?)

と、思いながらも、葛西は、心配はしなかった。

葛西が、望遠レンズを使って宇治線の車両を、必死で撮っていた間、有子は、トイレにいきたくなって、大久保に頼んで、車で、近くの公衆トイレにでもいったのかもしれないと軽く考えていたからだった。

そのくらいにしか、葛西は、考えていなかった。

葛西は、自分が撮った写真を、見直していた。その写真が、テレビの映像に、そのまま、使われるかもしれない。もし駄目なら、別の日に撮り直して、それを使うと、監督、あるいは助監督にきいていたからである。

どうやら、何とか使えるような写真が、撮れている。

葛西は、ほっとしたが、まだ、有子は、戻ってきていなかった。有子だけではなく、進行係の若い大久保も、彼の車もである。

葛西は、助監督の藤田《ふじた》の携帯電話に、電話をしてみた。

葛西が、名前をいうと、藤田は、

「今、宇治の駅を舞台にして、撮影をしているんだよ。一時間ほどあとで、もう一度、電話してくれ」

と、不機嫌に、いった。

「進行係の大久保さんの携帯の番号を教えてもらえませんか?」

葛西が、いい、教えてくれた番号に、電話をしてみた。

呼び出し音は鳴っているのだが、大久保は、一向に、電話に出てくれない。何度かけ直しても、同じだった。

次に、有子が持っている携帯電話に、かけてみた。

こちらも、有子が、電話口に出てくれない。

葛西は、だんだん不安になってきた。

何か、事件が起きたのではないか? 自分が、宇治線の電車の撮影に夢中になっている隙に、誰かが、有子を、連れ去ってしまったのではないか?

そんなことまで、考えるのだが、彼女のそばには、大久保という進行係がいたはずなのだ。

だから、誰かが、有子をさらっていったとは、思えなかった。

何か急用ができて、進行係の大久保の車で、どこかに、いったに違いない。

葛西は、そう考えたが、このまま、ひとりで、この現場にいるわけにも、いかなかった。それでも、三十分近く待ったが、有子も、進行係の大久保も、現れない。

仕方なく、葛西は、大きな望遠レンズつきのカメラを担ぐようにして、近くの六地蔵の駅まで、歩いていった。

六地蔵の駅から宇治行の電車に乗った。

Kホテルで配られた撮影の進行表によれば、今日は、宇治駅で撮影があり、その後、近くの〈ニュー宇治〉というホテルに泊まることになっている。

(この進行表は、大久保も、有子も持っているはずだから、何かあれば、宇治のホテルに、直接くるだろう)

葛西は、そう考えた。

7

宇治駅のホームと、改札を出たところで、まだ、撮影がおこなわれていた。

台本では、主人公が宇治駅で待っていた友人に向かって、

「連れの女が、姿を消してしまった。今朝からの口喧嘩が、宇治線の電車に乗ったあとも続いていたから、彼女は途中の駅で降りて、東京に帰ってしまったのかもしれない」

と、話す。

しかし、本当は、途中で殺してしまったのだ。

それが、あとになってから、葛西が撮っていた写真で明らかになるというストーリーである。

宇治駅での撮影には、葛西たちは、関係ないので、先にホテルにいって待つことになった。

一時間近く経って、宇治の駅で撮影していたスタッフや俳優たちが、ホテルにやってきた。

葛西は、助監督の藤田に、有子がいなくなったこと、そして、進行係の大久保と、彼の車も消えてしまったことを話した。

「僕にはわからないけど、どうして、そんなことが、起きたの？」

助監督の藤田は、逆に、きき返してきた。

「僕にも、わかりませんよ。台本にあったとおり、宇治線の六地蔵と木幡の間で、僕は、望遠レンズをつけたデジカメを使って、宇治線の電車を撮影していたんです。その間、有子もポケットカメラを使って、少し離れた場所から電車を撮っていました。その後、大久保さんの車で、こちらにくることになっていたんです。夢中で電車を撮り終わって、気がついたら、有子も大久保さんも車も、消えていたんです」

と、葛西が、いった。

「だから、どうして、そんなことが、起きたんだと、きいているんだ」

相変わらず、藤田は、不機嫌だった。

「さっきから、いっているように、僕にもわかりませんよ。とにかく、一緒にいた有子も、進行係の大久保さんも、それに、車も、消えてしまったんです。現場で、三十分近く待っていたんですが、とうとう、戻ってはきませんでした。何とか、有子と大久保さんを、探してくれませんかね？」

「喧嘩でもしたんじゃないの？」

と、藤田が、きく。

「僕と有子がですか？」

「そうだよ。君と彼女は、東京で同棲しているんだろう？　喧嘩でもして、彼女、逃げ出したんじゃないのかね？」

藤田が、無責任なことをいう。

「喧嘩なんかしていませんよ。それに、有子だけじゃなくて、進行係の大久保さんもいなくなったんですよ」

「おい、誰か、進行係の大久保君の携帯に、電話してみてくれ」

と、藤田が、いう。

「その携帯ですが、さっき、あなたから番号をきいて、何回も、かけてみました」

と、葛西が、いった。

「それで、どうなっているんだ？」

「いくら電話してみても、まったく出ないんですよ。最初は、呼び出し音が、鳴っていたんですが、そのうち、それも鳴らなくなったから、電池が切れたのではありませんか？」

「本当に出ないの？」

「ええ、出ません」

「谷村君にも、電話してみたの？」

「もちろん、何回もかけてみましたよ。でも、彼女も出ないんですよ」

「それで、谷村君のいきそうな場所も、わからないの？」

「京都にきたのは、僕も彼女も、久しぶりですから、心当たりの場所といわれても、まったくありません」

「誰か、進行係の大久保君がいきそうな場所を、しっている人間はいないか？」

藤田が、大声でまわりを見回した。

しかし、それに答える人間は誰もいない。

そのうちに、夕食が、始まった。

「食事をしたあとで、もう一度、考えてみればいい」

藤田は、相変わらず、無責任なことをいい、監督の渡辺《わたなべ》の隣で、食事を始めてしまった。

葛西は、食堂の隅のほうで食事を始めたが、隣の席が気になって仕方がない。そこは、本当なら、谷村有子が、座っているはずなのだ。

心配が大きくなってくる。

しかし、助監督の藤田も、ほかの人間たちも、あまり、心配してくれていないことが、わかった。

ひょっとすると、撮影現場から、主役以外の、端役の人間が姿を消すことが、これまでにも、何回か、あったのかもしれない。

食事をすませると、助監督の藤田は、翌日のロケの打ち合わせのために、監督室にいってしまい、葛西は、ひとりで、有子のことを心配するよりほかなかった。

葛西と同じプロダクションから、このドラマのために、派遣されてきた三人が、心配してくれた。男二人に、女ひとりである。

突然消えてしまった有子について、どこを探したらいいのか、彼らにも、見当はつかないだろう。

「谷村有子さんには、京都に、知り合いがいるんじゃありませんか?」

三人のなかのひとりがきく。

「いや、僕のしっている限り、京都に、知り合いは、ひとりもいないはずなんだ。京都の話を、今までに、一回もきいたことがないからね」

葛西が、答える。

「こんなことをいうと、葛西さんは、怒るかもしれないけど、進行係の大久保さんと、有子さんとは、おかしな関係だったんじゃないの?」

三人のなかの女性が、きいた。

「いや、それはないよ」

葛西が、答える。

「そう、それならいいんだけど」

と、女が、いう。

「僕も有子も、今度の仕事で、大久保という人間と、初めて会ったんだからね」

と、葛西が、いった。

「進行係の大久保の車も、どこかに、消えてしまったんだって？」

三人のなかのもうひとりの男がきく。

「そうなんだよ。だから、何か急用ができて、有子が、大久保の車に、乗せてもらって、どこかに、いったんじゃないかと、考えたんだが、今になっても連絡がないところを見ると、その考えは、間違っていたと思う」

「確か、大久保の乗っていた車はレンタカーじゃなかったか？」

「ああ、そうだ」

「どこの営業所で、大久保が、車を借りたかわからないか？　わかったら、そっちのほうから探すことが、できるんじゃないのか？」

「わからないよ」

「車のナンバーを覚えていればそれでもいいんだけど」

「いや、駄目だ。覚えていないんだ」

と、葛西が、いう。

「有子さんだけど、最近、何か、心配事でもあったんじゃないの？」

と、女がきく。

「最近は、ドラマの仕事がないので、困っていた。心配事といえば、そのくらいだ。だから、今度の仕事が、入ったので、僕も彼女も、喜んでいたんだ。したがって、今回の仕事の途中で、どこかに、姿をくらますなんて考えられないんだよ」

葛西が、強い口調でいった。

その日の深夜になって、葛西は突然、助監督の、藤田に呼ばれた。

寝巻のまま、葛西が部屋を出て、廊下にいくと、そこに藤田がいた。

「ちょっと、困ったことになったぞ」

と、脅《おど》かすように、いった。

「何かあったんですか？」

「今、刑事がきていて、君に用だといっている」

「どうして、刑事が僕に用事があるといっているんですか？」

「僕にも、わからないよ。君を呼んでくれといっているんだ」

と、藤田が、いった。

玄関の横に、小さな、部屋がある。そこで、刑事が二人、葛西を待っていた。〈ニュー宇治〉の女将《おかみ》さんも、心配そうな顔で、そこに座っていたが、葛西たちが、入っていくと、席を外した。

「こちら、葛西さんです」

助監督の藤田は、刑事に、葛西を紹介した。

刑事のひとりが、

「谷村有子さんという女性をご存じですね？」

と、いきなり、きいた。

途端に、葛西の頭に、不安が生まれ、それが、どんどん大きくなっていく。

「彼女に、何かあったんですか？」

「宇治橋の近くに、車が、駐まっていましてね。レンタカーですが、そのなかで、男女が、死んでいたんです」

「男女って、まさか、有子と、大久保さんですか？」

「そうです。谷村有子さんと、大久保圭太さんですよ。死因は、排気ガスによる中毒死です。それで、最初は心中かと思ったんですが、調べてみると、どうも心中としては、二人の位置が離れすぎていました。男性のほうは、助手席で、死んでいて、女性のほうは、リアシートで、死んでいましたから。心中の場合には、たいてい二人が同じ場所にいるか、あるいは、抱き合っているかのどちらかなんですよ。それを考えると、殺人の可能性が出てきましたので、こうしてこちらに、伺ったのです。あなたと、谷村有子さんは、東京から、テレビドラマの撮影にこられたと、きいたのですが、そのとおりですか？」

刑事が、きいた。

「ええ、そうです。これが、そのドラマの台本です」

助監督の藤田が、シナリオを、刑事に、渡した。

刑事は、シナリオに、軽く目を通してから、

「この台本によると、あなたと、亡くなった谷村有子さんは、葛西に向かって、宇治線の、六地蔵と木幡の間で、電車の写真を撮っていて、偶然、車内での殺人を目撃する。そういう設定に、なっていますね？」

「そうです」

「そうすると、あなたと、谷村さんは、今日の午後二時くらいに、六地蔵と木幡の間にいて、二人で、宇治線の電車を撮影していた。そういうことになります

ね？　本当に、そのとおりに動いていたんですか？」

「そうです」

助監督の藤田が、うなずき、それに続いて、葛西が、

「間違いなく、僕と、有子とは、この台本にあるとおり、六地蔵と木幡の間で、宇治線の電車を、撮影していました。今回のドラマでは、二人とも鉄道マニアという設定ですから。僕たちのほかに、進行係の、大久保さんも一緒にいたのです。車もです。僕たちを車に乗せて、移動することに、なっていました。そうしたら、突然、有子と、大久保さんが、姿を消してしまったのです。大久保さんの車もなくなっていました」

「急に、いなくなったとすると、心配で、探していたんでしょうね？」

もうひとりの刑事が、きく。

「もちろんです。ただ、探そうとは思ったんですが、ここは、東京ではなくて、京都ですからね。どこを探していいのか、わからないんですよ」

「だから、探さなかった？」

「そうです。今もいったように、探したくても、どこを探していいかわかりませんでしたからね」

葛西は、だんだん、答えが突っけんどんになっていく。

二人の刑事は、そんな葛西を、疑わしい目で見た。

「谷村さんとあなたとは、どんな関係なんですか？」

「東京で、同棲しています。芸能界で、食べられるようになったら、結婚しようといっていたんですが――」

「しかし、おかしいですね。なぜ、仕事中に、あなたのそばから消えてしまい、そして、大久保という若いスタッフと一緒に、車のなかで死んでいたんですかね？　どうしてでしょう？」

「僕にも、わかりませんよ」

「あなたと谷村さんの間には、最近、揉《も》め事でもあったんじゃありませんか？」

刑事が、きく。

こんな質問をするところを見れば、明らかに、刑事二人は、葛西を、疑っているのだ。

「それが、こじれて、今度の事件に発展した。そんなふうには、考えられませんか？」

刑事のひとりが、意地悪く、きく。

「しかし、最初は、心中の疑いも持ったんでしょう？」

葛西も、意地悪く、きき返した。

「われわれは、いくつかの可能性を考えたんですよ。殺人の可能性もあるが、心中の可能性も捨てきれない。そう考えていたんですよ。あなたと、喧嘩をして、自棄《やけ》になって、大久保というスタッフと、車のなかで自殺してしまった。そういう可能性も、消えたわけではないのですよ」

刑事は、相変わらず、疑いの目で、葛西を見ている。

葛西は、だんだん、腹が立ってきた。

「彼女の遺体を見たいんですが、今からお願いできませんか？」

葛西が、いった。

「いいですよ。われわれと一緒にきていただけますか？　宇治警察署に、車も遺体も、収容していますから」

と、刑事が、いった。

8

葛西は、二人の刑事と一緒に、パトカーで宇治警察署に、向かった。

谷村有子の遺体は、進行係の大久保の遺体と、並べるようにして、安置されていた。

「これから、二人の遺体は、司法解剖に回されます」

と、刑事が、いった。

顔を覆っていた白布が外された。

有子の顔が、はっきりと確認された。

五年間の同棲で、すり切れてしまっていた谷村有子に対する気持ちが、突然、葛西の胸に湧《わ》きあがってきて、つい、目頭に、手をやった。

「どうですか、谷村有子さんに、間違いありませんね？」

刑事が、催促する。

葛西は、黙ってうなずいた。

次は、大久保圭太の確認だった。

「間違いありません。一緒にいた大久保さんです」

と、葛西が、いった。

しかし、なぜ、二人が、車のなかで死んでいたのか、当惑するばかりで、思い当たることは、何もない。

最後に、問題の車も、見せられた。間違いなく、大久保の乗っていたレンタカーである。

谷村有子と大久保圭太の遺体は、司法解剖のために、大学病院に送られたが、葛西は、すぐには、帰してもらえなかった。取調室で、引き続き、刑事の尋問に答えなければならなかった。

五年間の同棲生活についても、しつこくきかれた。

「五年間も一緒にいて、結婚する気はなかったんですか？」

と、刑事が、きく。

「どちらかが一人前になったら、結婚しようと話していたんです」

葛西のその答えも、刑事は、疑いの目できいていた。

「しかし、貧乏でも、結婚するカップルは、世の中に、いくらでもいますよ。愛し合っていれば、経済的な問題なんて構わないといって、結婚する人は、何人もいますがね。どこかに、谷村さんに対して不満があったんではありませんか？」

と、いう。

「何も、不満なんかありませんよ。それに、今回のドラマに、二人一緒に出られるということで、僕も彼女も、喜んでいたんです。だから、現在の時点で、二人の間には、何の問題もありませんでした」

葛西は、強調した。

「どうも、腑に落ちませんね」

刑事のひとりが、いった。

「五年間同棲していたが、何も問題がなかった。そして、今回のドラマの仕事が入って、二人とも、喜んでいた。――そうですね？」

「ええ。そのとおりです」

「この台本によれば、今日の撮影で、あなたと谷村有子さんとは、鉄道マニアという設定になっていて、二人で六地蔵と木幡の間で、宇治線の電車を撮影していた」

「そうです」

「しかし、気がついたら、谷村有子さんも、進行係の大久保圭太さんも、消えてしまっていた。それに、車も、なくなっていた。そうですね？」

「そうです」

「しかし、まったく離れた場所で、電車を写していたわけじゃ、ないんでしょう？　谷村さんとあなたは、すぐそばで、写していたんじゃないのですか？」

「僕が、望遠レンズつきのカメラで電車を写していたところから、少し離れた場所で、有子が、ポケットカメラで、電車を写していたのです。そういう、設定でしたから」

「少し離れた場所というのは、具体的にいうと、どのくらいの、距離ですか？」

刑事が、しつこく、きく。同じことを、繰り返して、葛西の言葉に矛盾が出るのを、たぶん、待っているのだろう。

「おそらく、五、六十メートルぐらいですかね。とにかく僕は、夢中で、電車を撮影していたんです。僕が撮った写真が、ドラマの大事な証拠物件に、なるわけですからね。有子と大久保さんが、どこで、何をしているのかは、まったく、考えていませんでした。写真を撮り終わって、ほっとして、振り返ったら、二人が、いなくなっていたんです」

「よくあることなんですか？」

「いえ、そんなことは、ありません。突然、彼女が、何もいわずに、消えてしまうなんて、彼女とつき合うようになってから、初めてのことですよ」

「それで、探した？」

「ええ」

「どんなふうに、探したんですか？」

「彼女や、助監督さん、大久保さんの携帯に電話をかけたんです」

「それで？」

「呼び出し音が、鳴っているのに、有子と大久保さんの二人とも、出ないんですよ。それで、二人の携帯は、見つかっているんですか？」

葛西が、逆に、きいた。

「いや、二人とも、死体で発見された時には、携帯を持っていませんでしたし、近くに落ちてもいませんでした」

「じゃあ、犯人が、奪ったんだ。ほかに考えようが、ないじゃありませんか？」

葛西が、いった。

「あなたが犯人なら、携帯を取りあげて、始末してしまいますか？」

「どうして、僕が、そんなことを、しなくてはいけないんですか？」

「二人の携帯に、あなたと彼女の喧嘩の様子が録音されていたら、まずいじゃありませんか？　だから、証拠となるような携帯は、始末してしまった」

「冗談じゃない！」

葛西が、思わず、大声を、出した。

「今回の撮影で、あなたと、亡くなった谷村有子さんとが、しっている顔はありましたか？　例えば、監督とか、助監督とか、主人公に扮《ふん》した、男優とか？」

「私も彼女も、これまで、いろいろなドラマに出てきました。もちろん、その他大勢の役ですが。ですから、今回の、ドラマの渡辺監督と、藤田助監督も、前からしっていましたよ。しかし、顔をしっているだけで、親しく話をしたようなことは、一度も、ありません」

途中で、もうひとりの刑事が、取調室に入ってきて、

「明日も、台本どおりに、この周辺で、撮るそうですよ」

と、いい、そのあとで、葛西に、

「それで、あなたは、どうしますか？　しばらくは、ここに残りますか？」

「僕の出番が終わったら、こちらにいても、仕方がないので、帰るかもしれません」

葛西が、いうと、

「いや、それは、困りますね。しばらくは、こちらに、いてください」

その刑事が、いった。

どうやら警察は、葛西が、東京に帰ることを、心配しているらしい。葛西を犯人視していて、東京の自宅に帰って、証拠となるようなものを、始末してしまうのではないかと疑っているのだろう。

第二章　アリバイについて

1

谷村有子と進行係の大久保の死体が発見されて一夜明けた五月十六日は、丸一日、宇治警察署から数名の刑事がやってきて、連続ドラマ「愛する目撃者」の撮影に関わっていた俳優、スタッフ全員を尋問し、調書を取った。

そのなかでも、一番長い時間、尋問されたのは、やはり、葛西信である。殺された女優、谷村有子、二十七歳と、五年間も同棲していたのだから、当然といえば、当然だった。

しかし、ドラマの関係者のなかからは、容疑者は浮かばず、捜査は続行されるが、翌十七日からドラマの撮影を再開しても構わない、という許可が出された。

十七日の朝食のあと、宇治のホテルで、プロデューサーが、全員をロビーに集め、話をした。

プロデューサーは、

「警察の捜査や尋問には、全面的に、協力するように」

と、いったあとで、

「皆さんに、伝えておかなければならない大事なことがある。それは、今度のドラマのヒロインが、交代することだ。皆さんに渡した台本では、原田恵子《はらだけいこ》さんに、なっていると思うが、彼女は、今回の事件でショックを受けて、体調を、崩してしまってね。急遽、新藤美由紀さんに、代わることになった。すでに、原田恵子さんは、東京に帰ってしまい、つい五分前に、新藤美由紀さんが、こちらに到着したので、皆さんにご紹介する」

と、いった。

その新藤美由紀が姿を見せて、簡単な挨拶をした。

もちろん、大女優である彼女のことは、誰もが、よくしっているから、改めて、自己紹介をする必要はない。

ただ、新藤美由紀の挨拶のなかに、葛西にとって、気になる言葉があった。

「私は最初から、この『愛する目撃者』というドラマに、出演したいと思っていたんですよ。このドラマのヒロインに憧れていて、どうしても、この役をやりたいなと思っていたんです。だから、中央テレビでやるときいたので、すぐに、電話をしたんです。でも、その時には、そのヒロイン役は、すでに、原田恵子さんに決まっていたので、とても残念だったんですけど、諦めていたんです。でも、こんなことから念願の、ドラマに出演できることになって、感謝しています。皆さん、よろしく、お願いしますね」

と、新藤美由紀は、いったのである。

このあと、新藤美由紀を交えて、改めて、本読みがおこなわれた。

葛西信の役は、谷村有子と、鉄道好きのカップルということで、目の前を通る宇治線の電車を、写真に撮っていて、車内で殺人事件があったのを、偶然、目撃するという設定だった。

ところが、相手の谷村有子がいなくなってしまったので、代わりに、谷村有子と同じ二十代の女優、若杉亜矢《わかすぎあや》が、葛西と組むことになり、急遽、東京から、駆けつけてきた。

葛西信も、若杉亜矢とは、その他大勢の役で、テレビドラマに出ていることが、多かったので、以前からの顔見知りである。何度か同じドラマにも出たことがある。

今日の撮影は、もっぱら、新藤美由紀が扮するヒロインが、殺人犯ともしらずに、若い恋人と暮らしていて、そのうち、次第に恋人に、疑いを抱いていくという、そういうシーンの撮影だったので、葛西信と若杉亜矢には、出番が、なかった。

そこで、葛西信は、若杉亜矢を誘って、ホテルの喫茶ルームで、コーヒーを、飲みながら、ストーリーや、自分たちの役柄などについて、話し合うことにした。そのなかで、若杉亜矢が、

「大変でしたね。亡くなった谷村有子さんとは、一緒に住んでいらっしゃったんでしょう？」

と、いう。

「ああ、五年間も一緒に住んでいたんだよ。だから、当然といえば当然なんだが、事件のあと、警察に、一番疑われて、何度もいろいろと、事情をきかれたよ。参ったね。僕が、彼女を殺すなんて、絶対に、あり得ないのに」

と、いって、葛西が、苦笑する。

「あの話って、本当だったんですか?」

亜矢が続けて、きく。

一瞬、考えて、何の話かわかったのだが、それでも、葛西は、

「何の話?」

と、きき返した。

「何でも、亡くなった、谷村有子さんが、他人の運転免許証を拾って、それを試しに使っていたら、捕まってしまったときいたんですけど、それって、本当なんですか?」

「どうして、それをしっているの?」

「有子さんから、電話できいたの」

と、亜矢が、いった。

「そうか。彼女が、自分で話したんだ。それはしらなかったな」

「偶然、新藤美由紀さんの本名が、自分の本名の谷村有子とは一字違いの谷村侑子だったんで、つい、拾った運転免許証を使って、車を運転していたら、警察に捕まってしまった。その後、新藤美由紀さんに謝ったら、ぜんぜん怒ってなくて、簡単に許してくれた。意外だったって、有子さんは、いってましたよ」

と、亜矢が、いった。

同じ話を、葛西は、有子本人から、きいている。

葛西と谷村有子二人の、共通している、新藤美由紀の印象は、皮肉屋で、意地悪な大女優というものだった。だから、有子は、運転免許証のことで、謝った時の、新藤美由紀の優しい態度には、びっくりしたと、葛西に、いっていた。何しろ、あの意地悪で有名な新藤美由紀が、自分の運転免許証を使ったというのに、笑ってあっさりと、許してくれたというのである。

「意外だったわ。彼女の、あの態度には、本当に、びっくりした。信じられないけど、もしかしたら、あれが、本当の新藤美由紀なのかしら？」

と、いって、有子が、首をかしげていたのを、葛西は、よく覚えている。

「有子さんから、その話をきいた時は、びっくりしたんですよ。私も、新藤美由紀という女優さんは、演技のうまい、いい女優さんだけど、有名なことを、いつも鼻にかけていて、意地が悪くて、特に若い女優さんには、辛《つら》く当たるときいていたし、私自身も、撮影の現場で、彼女のそんなところを、実際に、見たことがあるんですよ。その時、新藤美由紀さんは、つまらないことで、若い女優さんに、文句をいって、いじめていましたから。それで、私には、有子さんの話が、信じられなかったんです」

と、亜矢が、いった。

葛西と若杉亜矢が、そんな話をしているところに、若い助監督の三島《みしま》が、

「ああ、参った、参った」

と、いいながら、喫茶ルームに入ってきた。

三島は、葛西と若杉亜矢の二人がいることに、気がつくと、二人のそばに腰を
おろして、

「アイスコーヒーをお願いね」

と、大きな声で、ウェイトレスに向かって、いった。

そのあとで、葛西たちに、

「あんたたち、新藤美由紀との絡みは、いつだったっけ？」

と、きく。

「明日の午前中だときいています」

と、葛西が答えた。

「そうか、明日か。それなら、気をつけたほうがいいよ」

と、三島が、笑いながら、いう。

「何かあったんですか?」

「今、新藤美由紀と、恋人役の小川健《おがわけん》との絡みのシーンを撮っていたんだけどね、新藤美由紀の態度は、相変わらずなんだよ。参ったよ」

と、いって、三島が、また笑った。

「相変わらずって、新藤美由紀さんが意地悪をして、小川健君をいじめてるんですか?」

と、こちらも笑いながら、葛西が、きいた。

「そうなんだよ。前には、新藤美由紀は、小川健のことを、可愛がっていたんだよ。彼は、若手の俳優のなかでは、有望株だし、イケメンだからね。それで、新藤美由紀が、何かというと目にかけていたことは、しってたんだ。ところが、小川健のほうが、若い女性歌手を、好きになってしまって、それが芸能週刊誌にも、書き立てられるようになってしまってね」

「ああ、それって、加藤博美《かとうひろみ》のことでしょう?」

亜矢が、そばからいった。

葛西も、その記事を読んだことがあった。若手の有望俳優の小川健と、二十代の女性歌手、加藤博美との仲が、噂になっていて、二人で、仲よくカラオケを歌っているところを、写真週刊誌に写真を撮られたと、芸能週刊誌に大きく載っていたのだ。

「新藤美由紀さんが、恋人役の、小川健さんをいじめるんですか？」

亜矢が、興味津々という顔できく。

「いじめるというのか、意地悪をしているというのか、小川健の演技一つ一つに、彼女が、嫌味なことを、口にするんで、小川健のほうが、完全に調子が、狂ってしまってね。NGの連発だよ。だから、君たちも、新藤美由紀と絡む場面を撮る時には、注意をしたほうがいいと思うよ」

三島が、いった。

「しかし、今朝、朝食のあとで、プロデューサーがみんなに、新藤美由紀を、紹介した時には、彼女ひどくご機嫌で、挨拶していたじゃありませんか？　このドラマのヒロインの役は、前々からやりたかった役なので、それが実現して、とても、嬉しいといったようなことを、本当に、嬉しそうに、いってましたよ」

と、葛西が、いった。

「確かに、あのヒロインの役は、新藤美由紀が、前からやりたいといって、わざわざ、自分から中央テレビに電話をしてくるくらい、希望していた役だからね」

「それが、どうして原田恵子さんになっていたんですか？」

「そこが、僕にもわからないんだ」

と、いってから、三島は、

「それにしてもあの性格は絶対に直らないね。本当に参ったよ」

と、さかんに、参ったを連発した。

その時、三島の携帯電話が鳴った。

三島は、携帯電話を耳に当てると、

「そうですか。ええ、わかりました。すぐにいきますよ」

と、いって、残っていたアイスコーヒーを一気に飲み干すと、

「それじゃあ、現場でね」

と、いって、慌ただしく、店を出ていった。

2

警視庁に、宇治警察署から捜査依頼があった。

宇治周辺で、テレビドラマの撮影をしている撮影隊のなかで、殺人事件が、発

生した。被害者の女優、谷村有子、二十七歳について、至急、調べてほしいという依頼だった。

捜査一課の西本と日下の二人が、谷村有子について調べて、報告するようにと、命令された。

二人は、まず、谷村有子の現住所になっている大岡山に、向かった。大岡山のアパートで、管理人から、谷村有子が、同じく大部屋の俳優、葛西信、三十歳と、長いことこのアパートで、同棲していたことをきいた。

次に、二人が訪ねたのは、谷村有子が所属している、新東京プロダクションの事務所である。彼女と同棲していた葛西信も、同じプロダクションに所属していた。西本たちは、そこで加山《かやま》という中年のマネージャーに会った。

谷村有子と葛西信のことをきくと、

「二人とも、演技だって、決してへたじゃないし、俳優としては、いいものを持っているんですよ。しかし、一向に売れないんですよ。おそらく、二人とも、売れっ子になるために必要な、華やかさが足りないんじゃないですかね」

という答えが返ってきた。

「その谷村有子さんですが、中央テレビの『愛する目撃者』という連続ドラマの撮影で、葛西信さんと一緒に宇治にロケにいっていて、向こうで、何者かに、殺されました。このことは、ご存じですか？」

「ええ、もちろん、電話でしらされましたから、しっています」

「そのしらせを受けた時、どう、思いましたか？」

「谷村有子も、とことんついてないなと、思いましたよ。今回の『愛する目撃者』は、宇治で、ロケをやっているドラマなんですが、十三回の連続ドラマなんです。珍しく、谷村有子と、葛西信の二人が、一緒に、中央テレビから、呼ばれましてね。これで、二人とも、売れてくれるんじゃないかと、うちの事務所も、期待していたんです。そうしたら、こんなことになってしまったでしょう？　あ、やっぱり、彼女は、ついてないんだなと思いましたね」

と、加山は、いう。

「こんな事件が起こることを、予想されていましたか？」

「とんでもない。そんなこと、考えてもいませんでしたよ。ドラマの、ストーリーは、ミステリーですけどね、出演者が実際に殺されるなんて、今までにも、ありませんでしたから。今もいったように、二人一緒の出演を喜んでいたんですよ」

「あの話は、本当ですか？」

と、日下が、きいた。

「あの話といいますと？」

不安げな目で、日下を見ながら、加山が、きいた。

「谷村有子さんが、運転免許証を拾って、つい、悪戯心でそれを使ってしまい、警察に見つかって、捕まったという話ですよ。本当なんですか？」

「あれですか。あれは、いってみれば、谷村有子の、完全なミスというか、単なる悪戯心だったんですよ。普通なら、運転免許証の、本当の持ち主から訴えられていたかもしれませんからね。それがなくて、事務所としても、ほっとしていたんですけどね」

と、加山が、いう。

「われわれがきいたところでは、谷村有子さんが拾った運転免許証というのは、新藤美由紀さんという、有名な女優の免許証だったらしいですね」

「そうなんですよ。普通なら、すぐに、警察に届けるか、本人に、連絡して返しますよね。谷村有子だって、普通なら、そうしたに、違いないんですけどね、つい、悪戯心を出してしまったみたいですね」

「どうしてですか？」

「つまり、これは、偶然なんですけど、新藤美由紀の本名が、谷村侑子だったんですよ。同じ、たにむらゆうこという呼び方で、ゆうこのゆうという字は、にんべんの有る無しの違いだけなんです。こんな偶然なんて、そんなに、あるものじゃないでしょう？　それで、うちの谷村有子が、悪戯心を出してしまって、その拾った免許証を、使ってしまったんです。それで、警察に見つかって捕まってしまったんですよ」

「その話をきいた時には、どう、思いましたか？」

「これで、谷村有子も、おしまいだと思いましたよ」

「普通は、そうですよね。ところが、大丈夫だったんですね？」

「ええ、運転免許証の本当の持ち主の新藤美由紀さんですが、彼女が、谷村有子を、救ってくれたのです」

「どんなふうに、谷村有子さんを、助けたんですか？」

「新藤美由紀さんは、運転免許証を落として困っていたら、谷村有子から、電話があって、あなたの免許証を拾ったので、お預かりしていますよと、そういってくれたので、じゃあ、警察に届けておいてくださいと、お願いした。それが、間違って、警察に、疑われることになって、私のほうこそ、谷村有子さんに、申しわけないと思っている。彼女が、私の、運転免許証を持って車を運転していたのは、警察に、届けるところだったと、新藤美由紀さんがいってくれたんですよ。それで、警察に、警察は少しばかり、話がおかしいなとは、思ったようですが、何しろ、有名女優の証言ですし、彼女から穏便にと頼まれたこともあって、おかげで、大きな問題になりませんでした」

「なるほど、そういうことだったのですか」

と、西本は、いいながら、

「私がきいたところでは、新藤美由紀さんという女優は、演技はうまいが、少しばかり傲慢《ごうまん》で意地悪だという話でしたが、今の話をきく限り、本当は、そんな女性ではなかったみたいですね」

「実は、私なんかも、その話をきいて、新藤美由紀さんという女優をちょっと見直したんです。彼女は尊大で、若手の女優なんかに、つねに、冷たく接する女性だときいていたものですからね。それが、谷村有子を救ってくれたので、見直したんですよ」

「それで、谷村有子さんは、まだ、ついていると思われたんじゃありませんか？」

「そのとおりです。中央テレビの連続ドラマにも出ることになりましたからね。その時は、やっぱり、ついていると、喜びましたよ。そのあとで、死んでしまうなんて、思ってもいませんでした。残念で仕方ありませんよ」

と、加山が、いった。

「われわれがしっている範囲では、谷村有子さんは、殺人を目撃する、そういう役だったらしいですね？　そんな役だったのに、逆に殺されてしまった。間違いありませんか？」

「ええ、そうなんです。ここに、台本がありますが、これを見ると、観光客として宇治にいった、谷村有子と葛西信の二人が、今流行りの、列車の写真を撮るのが大好きで、宇治線の電車を、線路脇から、写真に撮っていたという設定なんです。その写真に、車内で起きた殺人事件が、偶然、写ってしまっていたというストーリーになっていました。ところが、その時に、谷村有子が、何者かに、殺されてしまったのです。しかも、彼女と葛西信の二人を、車で、宇治線沿線に案内する進行係のスタッフの青年も、一緒に、殺されてしまいました。どうにも、わけのわからない事件です」

「今回の事件で、何か、思い当たることはありませんか？」

と、西本が、きいた。

「彼女が、殺されたことに関してということですか？」

「そうです」

「私も、私なりに、いろいろと考えてみました。しかし、いくら考えても、彼女が、今回のドラマに絡んで殺されたとは、どうしても、思えないのですよ」

「どうしてですか？」

「なにしろ、ロケが、始まったばかりの、第一日目でしたからね。それに、谷村有子の異性関係も、考えられません。葛西信という俳優と、もう五年間も、同棲生活を、送っていたんですからね。ほかに、男がいたという話もきいていませんしね」

「若い男が一緒に、死んでいますね」

日下が、いった。

「名前は、大久保圭太です。俳優でも、助監督でもありません。撮影スタッフの一員で、たまたま、夫婦役の谷村有子と葛西信の二人を、車で撮影現場まで、運んでいくだけの役目が与えられていたのです。おそらく、谷村有子にしても、初めて会う男だったんじゃないでしょうか？」

「そうすると、犯人の動機は、別のところにあるのかもしれませんね」

と、日下が、いう。

加山は、うなずいて、

「私も、そんな気がしているんです。殺されたのが、うちの事務所に所属している女優なので、犯人は、谷村有子を殺したが、その時、たまたま近くに、大久保圭太というスタッフがいて、目撃されたので、彼も殺してしまった。そう考えてしまうのですが、刑事さんのいわれるように、もしかすると、まったく逆かもしれませんね。犯人は、大久保圭太のことを、狙って殺そうとした時、たまたまそばに、谷村有子がいて、目撃されたので、彼女も殺してしまった。そういうことかもしれません」

と、加山は、いった。

3

加山とわかれると、西本はすぐ、十津川警部に、連絡を取り、自分の考えをいった。

「なるほど」

と、十津川は、電話の向こうで、うなずいていた。

「確かに、犯人は、初めから、その大久保圭太というスタッフを狙って殺し、たまたま、谷村有子がそばにいたので、巻き添えで殺してしまった。その可能性も、充分にあるわけだな」

「そうなんです。ただ、どちらが狙われて、どちらが巻き添えになったのかは、今のところ、わかりません。これから、日下刑事と二人で、大久保圭太のことをしっている人間に、会ってこようと思っています」

と、西本が、いった。

西本が、中央テレビに問い合わせると、大久保圭太のような若い撮影スタッフが所属している会社がある。そこから、今回のドラマの撮影のために、大久保は派遣されたと、教えてくれた。

四谷《よつや》三丁目のビルに、撮影スタッフを、斡旋《あっせん》する会社があって、西本と日下の二人の刑事はそこにいき、大久保圭太のことを、きくことにした。

話をきかせてくれたのは、大森《おおもり》というマネージャーだった。

「確かに、大久保圭太君を、今回の連続ドラマの撮影スタッフとして、派遣したのはうちの事務所ですが、まさか、あんなことになって、彼が殺されるとは、まったく考えておりませんでした。だから、びっくりしてしまって」

と、大森がいう。

「大久保圭太さんというのは、どういう人間ですか？」

西本が、きく。

「大久保君は、三十歳で独身です。いわゆる映画青年で、将来は、監督になって、自分の映画を撮りたいという夢を、持っていましたが、今は、撮影現場での雑用を任される撮影スタッフのひとりといったところですかね。車の運転をしたり、弁当の手配をしたり、小道具を用意したり、まあ、いってみれば、撮影現場の便利屋ですね。それでも、大久保君は、自分の好きな世界で、仕事ができるのは、幸せだといって、どんなに辛いことでもいやな顔一つせず、黙々とやっていましたよ。だから評判は、決して悪くありません。というよりも、みんなに好かれている、そんな人間でした」

「大久保さんが、誰かに、恨まれていたとか、誰かと、トラブルになっていたとか、そんなことで思い当たることは、ありませんか？」

と、日下が、きいた。

「まったくありませんね。今も申しあげたように、大久保君というのは、とにかく、明るい、好青年なんですよ。大久保君が、スタッフでいてくれると、仕事がうまく運んで、ありがたい。そういって、褒めてくださる監督さんも、いますし、大久保君にきてもらいたいと、わざわざ彼を、指名してくださる監督さんもいるくらいです」

「細かいことを、おききしますが、大久保さんには、借金などは、ありませんでしたか？」

「なかったと思いますね。そういう話をきいたことが、ありませんから。仲間と麻雀《マージャン》をたまにやるくらいで、ギャンブルにはまっているという話も、きいたことは、ありません。お酒は好きでしたが、溺れるということもありませんでした」

「女性関係は、どうですか？」

「もちろん、大久保君だって、若い男だから、好きな女性はいたと思いますよ。それでも、女性関係で、トラブルを起こしているという話も、きいたことはありません」

「家族は、東京ですか？」

「いや、確か、ご両親は、九州《きゅうしゅう》じゃなかったですかね。そんな話を、きいたことがありますよ」

「大久保さんは、どこに住んでいたのですか？」

「確か、小田急《おだきゅう》線の成城学園前《せいじょうがくえんまえ》でしたかね。そこからバスでいったマンションに、住んでいたはずです」

「そのマンションに案内していただけませんか？　ぜひ、大久保さんが暮らしていた部屋を、見てみたいのです」

「それじゃあ、これから、私がご案内しましょう」

マネージャーの大森は気安く、応じてくれた。

小田急線の成城学園前駅までいき、そこからさらにバスで、十五分ほどいったところにある古い、マンションである。八階建てのマンションの三階に、大久保圭太が、住んでいた部屋があった。

管理人に話をして、その部屋を開けてもらった。２ＤＫの、よくある配置の部屋である。

奥の部屋が、寝室になっている。入口近くの六畳間の洋室には、壁際に本棚がいくつも並び、そこに、ぎっしりと映画関係、テレビ関係の本がつまっている。

そのほか、名画を録画したDVDや、ビデオが、山のように、積まれていた。

パソコンもあった。

しかし、いくら検索しても、特別だと思われる女性の名前も住所も出てこなかった。深くつき合っていた女性がいなかったのか、それとも、隠していたのか？

二人の刑事は、パソコンに登録してあった、アドレス帳にある俳優や友人、知人、あるいは、映画監督や助監督の名前を、調べていった。もし、今回の撮影スタッフの名前があったら、そこから、殺人の動機が、たぐれるかもしれないと思ったからである。

しかし、いくら調べても、今回の撮影の監督や、助監督の名前、同じ日に死んだ谷村有子、その谷村有子と、つき合っていた葛西信の名前は、出てこなかった。

結局、西本と日下は、そのマンションの部屋に、二時間ほどいてから、引きあげることにした。いくら捜しても、殺人の動機となるようなものが、見つからなかったからである。

4

宇治警察署に、捜査本部が置かれた。捜査の指揮を執るのは、京都府警捜査一課の赤石警部である。

今のところ、赤石警部も、部下の刑事たちも、宇治周辺で、ロケをやっている撮影隊に対して、手をこまねいている感じだった。

宇治警察署は、殺された谷村有子、二十七歳について、警視庁に、捜査協力を、依頼していた。

その回答が、ファックスで送られてきていた。それには、こちらから要請しなかった、もうひとりの被害者、大久保圭太についても、調べた結果が詳細に書かれてあった。

しかし、報告書を、読み終わって、赤石は、失望した。結論として、この二人には、今のところ、殺される理由が、見つからないと書かれてあったからである。

そのなかで、赤石が、一つだけ、興味を引かれたことがあった。それは、運転免許証のことだった。

殺された谷村有子は、ある日、運転免許証を拾った。その運転免許証は、有名女優の新藤美由紀のものだったが、たまたま、この女優の本名が、谷村有子に酷似した谷村侑子で、ゆうという字が違っているだけだったので、谷村有子は、悪戯心で、その運転免許証を、使ってしまったが、それがばれてしまった。ところが、落とした新藤美由紀が、物わかりがよくて、警察に対して、谷村有子のことをかばってくれたので、大きな事態にはならなかったというのである。

確かに、美談ではあるが、半面、引っかかる話でもあった。

それで、赤石は、興味を持ったのだが、そんな時、撮影中に、ヒロインが、交代したことをしった。

ヒロイン役の原田恵子が、殺人事件にショックを受けて体調を崩し、急遽、役を降りたいと申し出た。その代役として、新藤美由紀が、この連続ドラマのヒロインになることが、決まって、宇治にきているというのである。

赤石は、それをきいて、新藤美由紀に、会ってみることにした。

別に、新藤美由紀に嫌疑があって、事情聴取にいくというわけではない。それで、赤石警部は、ひとりで、宇治の撮影現場に、出向いた。

それに、赤石は前から、新藤美由紀という女優が好きだった。ファンである。だから、一度会って、話をきいてみたいという気にもなったのだ。

ところが、今日は、宇治線の車内での撮影が主で、新藤美由紀をはじめとした俳優たちが、宇治から、電車に乗りこんで、中書島経由で京都に、向かってしまったという。戻ってくるまでに、二時間くらいはかかるともいわれた。

赤石は、仕方なく、新藤美由紀や、撮影スタッフの泊まっているホテルのロビーで、彼女の帰りを、待つことにした。

ロビーの一角に、喫茶ルームがある。

赤石は、そこで、コーヒーを飲みながら、ホテルの支配人にきてもらって、泊まっている撮影隊について、話をきくことにした。

事件についてきくというより、ひとりのファンとして、俳優たち、あるいは、撮影スタッフたちの様子を、きいたのである。

四十代に見えるホテルの支配人も、新藤美由紀のファンらしく、

「やっぱり、違いますね。新藤美由紀さんがきてから、すべてが、華やかになりました。いわゆる大女優の貫禄なんじゃありませんかね」

と、嬉しそうに、いう。

「新藤美由紀は、やはり、ロケ隊のなかでも、特別扱いですか？」

と、赤石が、きいた。

「そうですね。食事なんかも、監督の渡辺さんやプロデューサーといつも一緒ですよ」

「確か、宇治のロケには、役柄の上で、新藤美由紀の若い恋人役で小川健という人気俳優が、共演しているんでしょう？　その小川健は、一緒に、食事をしないんですか？」

「確かに、小川健さんも、女性に、人気のある有望な若手俳優さんですけどね、やはり、新藤美由紀さんとは、格が違うというのか、いつも別のところで、ほかの人たちと、食事をしていますよ」

と、支配人が、いった。

「新藤美由紀というと、確かに、有名な女優で、人気もありますが、少しばかり、威張りすぎているとか、新人を、いじめるとか、そういう噂もきいています。支配人から見て、そういうところが、ありますか？」

「いや、私が見る限り、そういうところは、ありませんね。若い俳優さんや撮影スタッフなんかとも、和気あいあいとやっていますよ。別に、私が、新藤美由紀さんのファンだからいうわけでは、ありませんが、威張っているとか、新人をいじめているとかいうのは、単なる、噂なんじゃありませんか？」

と、支配人が、いった。

5

二時間ほどして、急に、ホテルの入口のほうが賑やかになり、新藤美由紀が、渡辺という監督と一緒に、何やら、話をしながら、喫茶ルームに入ってきた。

待っていたのが京都府警の警部としって、渡辺監督は遠慮して、出ていった。

赤石は、椅子から立ちあがり、改めて、新藤美由紀に挨拶した。

「正直にいいますと、実は、あなたのファンなんですよ」

と、赤石が、いった。

美由紀が、嬉しそうに、微笑した。

「ありがとうございます。でも、今日は、ファンとして、いらっしゃったんじゃないでしょう？　殺人事件があったので、いらっしゃったんじゃありませんか？」

と、美由紀が、いった。

「いや、ただ、あなたにお会いして、お話をおききすれば、それで充分です」

「ご遠慮なく、何でも、おききになってください。別に、やましいところは、ありませんから、私のしっていることでしたら、何でも、お話ししますよ」

美由紀は、笑顔で、赤石を見る。

「冷静に見れば、あなたは、殺人事件の二日後に、東京から、こちらにいらっしゃったんだから、完全に、殺人事件とは、無関係だということに、なります。ですから、あなたに、殺人事件についておききする必要は、何もありません」

「警察の方に、そういっていただくと、ほっとしますけど」

「これから、おききしたいのは、事件に関係したことではなくて、あなたのファンとしての、質問です。ですから、もし、お答えになりたくなければ、お答えにならなくても、構いません」

「どんなことでしょうか？」

「実は、あるところで、こんな話を、きいたのです。あなたが、運転免許証を落とされて、それを、ある女優さんが拾った。その女優さんは、たまたま、あなたの本名が自分の名前とよく似ていたので、つい拾った運転免許証を返さずに、使ってしまい、警察に捕まってしまった。その時、新藤美由紀さんが、正直なところを話せば、その女優さんは、今頃は、芸能界から追放されていたでしょう。ところが、あなたが、驚くほど寛大に振る舞われたので、その女優さんも、何とか助かった。そんな話を、きいたのですよ。警察の立場からすれば、容認しかねる話ではありますが、これこそ本当の、新藤美由紀さんだと、感心しました。それなのに時々、あなたの悪口をいう人がいるでしょう？　大女優ぶって威張っているとか、意地悪をするとか。私は、そんなことは、まったく信じていませんでした」

と、赤石が、いった。

赤石の話を、黙ってきいていた新藤美由紀の口元には、微笑が浮かんでいた。

「あの話ですか。私は、刑事さんに、褒めていただくような、そんな立派なことは、何もしていませんわ」

「しかし、あなたが売れない女優さんを、かばわれたことは、間違いないでしょう？」

「大事な運転免許証を落としたのは、私が悪いんです。谷村有子さんが、私の運転免許証を拾ってくださった。そして、すぐに、私に、電話をしてくださったので、警察に渡してくだされば、すぐに、こちらから、取りにいきます。そういったんです。それなのに、彼女は、警察に誤解されて捕まってしまった。申しわけなかった。それだけの話なんですよ。警察の方も、とても物わかりのいい方でしたので、簡単に解決しました。私だって、自分の不注意で落とした運転免許証のせいで、若い女優さんの罪になってしまうなんて、いやですものね」

「運転免許証は、今お持ちになっていますか？」

「ええ、もちろん」

美由紀は、ハンドバッグのなかから、取り出して、

「これです」

と、赤石に、見せてくれた。

「なるほど」

赤石は、満足した。

確かに、運転免許証は、新藤美由紀の本名、谷村侑子になっている。

「本名は、谷村侑子さんとおっしゃるのですね？」

「ええ、そうなんです。でも、この世界に入ってから、もう、十何年もの間、新藤美由紀で、ずっとすごしてきましたから、谷村侑子という本名を、呼ばれて

も、時々、自分じゃないような気がしてしまうんですよ」

と、美由紀が、笑いながら、いった。

赤石は、手にしていた運転免許証を、美由紀に返しながら、

「お疲れのところ、ありがとうございました。いつか、あなたに、サインをいただきにくるかもしれません」

「そんな、いつかだなんて。今、サインしますよ」

美由紀は、気軽にいって、ハンドバッグから、サインペンを取り出した。

ホテルの人間が気をきかせて、色紙《しきし》を持ってきてくれたので、美由紀は、それに〈新藤美由紀〉と書き、そのあとで、

「お名前を、教えていただけません？」

と、赤石に、いった。

赤石が、自分の名前をいうと、達筆で〈赤石刑事様〉と書いて、

「これで、よろしいでしょうか？」

「ありがとうございます。持って帰って、部下に自慢しますよ」

と、赤石は、お世辞ではなく、本心でいった。

新藤美由紀とわかれて、捜査本部に戻ると、赤石は、さっそく自分の机の上

に、その色紙を飾った。

部下の刑事のひとりが、それを覗きこみながら、

「警部、これって、新藤美由紀のサインでしょう？」

「そうだよ。わざわざ、私の名前をきいて、書いてくれた」

「しかし、これ、赤石刑事様になっているじゃないですか？　本当なら、赤石警部様ですよ」

部下の刑事が、よけいなことをいう。

「警部だろうが、警視だろうが、警察官であることには変わりがないんだから、これはこれで嬉しいじゃないか」

「ところで、宇治のロケは、あと何日、続くんですか？」

と、別の刑事が、きいた。

「あと三日だそうだ。そして、四日目に京都にいって、一日ロケをしてから、東京に帰る。そういっていた」

「あと三日ですか。それまでには、事件が解決しそうにはありませんね」

刑事のひとりが、いった。

「どう考えても、今回の事件は、殺人の動機がわからない。殺された谷村有子と

いう二十七歳の女優と、大久保圭太という三十歳の撮影スタッフについて、警視庁が調べてくれたが、その報告書をいくら読んでも、この二人が、殺されなければならない理由が、一向にわからなくてね。これが、ヒロインの新藤美由紀のような有名女優が、殺されたんなら、動機は、いくらでも、見つかるだろうが、売れない大部屋の女優と、ロケを手伝っている若い撮影スタッフだからね。いくら考えても、二人を殺す動機が見えてこない。それで、困っているんだ」

「しかし、二人と一緒に、宇治のロケにきているグループのなかに、犯人がいることは、間違いないんじゃありませんか。あのロケ隊と関係のない人間が、犯人とは、とても、思えませんが」

「そのとおりだが、新藤美由紀は違うよ。彼女は、殺人事件が起きた二日後に、宇治にきているからな。少なくとも、彼女は、無関係だ」

「確かに、新藤美由紀は、殺人事件のあとに、宇治にきています。それを考えると、逆に、殺人事件の直後に、宇治からいなくなった女優がいたじゃありませんか？」

と、刑事のひとりが、いった。

「原田恵子だろう？」

「そうです。原田恵子は、殺人事件の翌日、プロデューサーに、殺人事件にショックを受けたから役を降りたい。そういって、帰ったんですよ。原田恵子が犯人で、殺人を犯した翌日、体調を崩したといって、東京に、帰ってしまったんじゃありませんか？」

と、同じ刑事が、いった。

「いや、それは違うな。原田恵子は、シロだよ」

と、赤石が、いった。

「どうしてですか？」

「いいかね、谷村有子と大久保圭太が、殺されたのは、六地蔵と木幡の間でだ。宇治線の線路の近くで、谷村有子と葛西信が、宇治線の電車を撮っていた。その写真のなかに、たまたま、車内の殺人の様子が写っていたことになっている。その時、原田恵子が、どこにいたかといえば、宇治市内のホテルにいたんだよ。シーンが、宇治のホテルのなかに移るから、そこで待機していたんだ。だから、原田恵子が、木幡と六地蔵の間で、谷村有子と大久保圭太を殺してから、宇治市内のホテルに戻ってくることは、いくらなんでも不可能だよ」

「そうなると、その時、中書島から宇治にいく、宇治線の車内で演技をしていた俳優たちも、全員が、シロということに、なってしまいますね。それを、電車の外から、谷村有子と葛西信が写真に撮っていたことが、ドラマのなかの、アリバイになるわけです。逆にいえば、その時車内で、殺しの演技をしていた俳優たちは、それがアリバイになってしまいますね。そうすると、どんどん容疑者が、少なくなってしまうんじゃありませんか？」

悔しそうな表情で、ひとりの刑事が、いった。

「確かに、犯行があったその時点で、電車のなかにいた俳優たちや監督、助監督は全員が、また次のシーンのために、宇治市内のホテルで待機していた俳優たちも、すべてシロになる」

と、赤石が、いった。

それまで黙って、赤石たちのやり取りをきいていたベテランの刑事のひとりが、

「やはり、葛西信が、怪しいということに、なるんじゃありませんか？　彼は、間違いなく現場にいたわけですから」

と、いった。

「確かに、そうだ」

と、赤石が、うなずく。そして、東京の警視庁に電話をかけた。

電話に出た警視庁捜査一課、本多一課長に、赤石は、まずファックスで送られてきた回答に礼をいったあと、

「突きつめていきますと、もっとも有力な容疑者としては、谷村有子と同棲していた葛西信という、三十歳の俳優が残ってきます。ほかの俳優や監督、助監督、撮影スタッフには、それぞれ、アリバイがあるんですが、葛西信には、アリバイがありません。葛西信は、殺人のあった時刻、現場にいたことが、はっきりしていますし、アリバイがまったくないのは、葛西信ひとりだけなのです。そこで、お願いが、あるのですが」

と、いいかけると、電話の向こうで、本多一課長が、

「わかっていますよ。今度は、葛西信について調べて、その結果を、そちらにご報告します」

と、いってくれた。

すでに、殺された谷村有子と葛西信が、五年間、同棲していたことはわかっている。

(もしかすると、その五年間の間に、男の心のなかに、同棲相手の女性を殺す動

機が芽生えていたのでは、ないだろうか?)

と、赤石は、考えた。

売れない女優と売れない男優が、お互いに慰め合い、励まし合っている時には、いいだろうが、お互いを、憎み合うようになったら、間違いなく、それは殺人の動機になると、考えた。

第三章　第三の女

1

　京都府警からの依頼を受けた十津川には、やらなければならない仕事があった。それは、葛西信、三十歳に関する捜査だった。

　今回の殺人事件で、今のところ、第一の容疑者は、葛西信である。それは、誰の目にも明らかだった。

　葛西信は、殺された谷村有子、二十七歳と、五年間にわたって、東京の大岡山で、同棲生活を送っていた。そして、テレビドラマのロケ現場となった宇治で、谷村有子と、撮影スタッフのひとり、大久保圭太、三十歳の二人が、殺されたのだ。

葛西信は、その場にいたことで、アリバイがない。アリバイがなく、しかも、被害者の谷村有子を殺す動機を、持っているとなれば、葛西信が、第一の容疑者とみなされても仕方がないだろう。

京都府警捜査一課の赤石警部が、警視庁捜査一課の本多一課長に対して、

「葛西信に関するすべての資料を、こちらに、送っていただきたい」

と、要請した。

本多一課長の命を受けて、十津川は、京都府警の、赤石警部の要請に応《こた》えるためにも、葛西信という男の捜査をする必要があった。

十津川は、亀井刑事をはじめとする七人の刑事に、葛西信の周辺を徹底的に調べさせ、彼についてわかったことを、すべて報告するように指示した。

葛西信は、二十二歳の時にS大学を中退し、劇団人生座に入った。その三年後輩が、谷村有子である。

二人とも、役者の収入では、生活できなかったので、食べるために、さまざまな、アルバイトを経験している。

いつの間にか、二人は、大岡山のアパートで、同棲生活を始めた。五年前のことである。

その間、葛西信も、谷村有子も、役者としては、舞台でも映画でも、これといった大きな役には恵まれず、そのため、相次いで劇団をやめ、役者よりも、アルバイトをするほうが、主の生活になっていた。

その二人が、今回の、宇治を舞台にしたテレビドラマ「愛する目撃者」に出演することになったのである。

そのドラマのなかで、二人には、東京から京都にきた、鉄道ファンの夫婦で、殺人を目撃するという役が与えられていた。

それなのに、ロケの最初の日に、谷村有子と、進行係の大久保圭太が、何者かに、殺されてしまった。

刑事たちは、まず最初に、大岡山のアパートにいき、谷村有子と一緒に、住んでいる葛西信について、住民から聞き込みをおこない、最後には、宇治から帰っている葛西信を直接尋問した。

葛西を尋問したのは、亀井刑事と吉田刑事の二人である。そのやり取りは、すべて録音され、テープは、十津川に届けられた。

「葛西さんは、大学を中退して、劇団人生座に、入られましたが、どうして、大学を中退して、劇団人生座に、入ったのですか？」

と、刑事が、質問する。

「私は、高校時代から、俳優になりたかったんです。それが、夢だったのです。ところが、両親は、まったく、反対でした。特に、一流企業のサラリーマンだった父親は、私が無事に大学を卒業し、一流の会社に入るか、国家公務員になることを、期待していたようですが、私は、どうしても、俳優になりたかった。しかし、このまま大学を卒業すれば、いやでも、両親の期待に、応えなければならなくなります。そこで、二十二歳の時に、大学を、中退してしまったのです。自分としては、これが、両親に対する、意思表示のつもりでした。とにかく、両親の期待には応える気がない。それならこれからの大学生活は、意味がないことになるし、そんな大学生活の学費まで、両親に持ってもらう気はないので、退学したんです。とにかく、自分のやりたい道を進むだけだ。そんな、偉そうなことを父親にいって、家を飛び出してしまったんですよ。ちょうどその頃、劇団人生座が、新人の劇団員を募集していたので、受けることにしたんです。何とか合格して、二十二歳の時から、演劇の道に入った。そういうことです」

「劇団人生座に入って、すぐに、俳優として、生活できると思っていたんですか？」

「そこが、私の、楽天的なところかもしれませんが、一年も勉強すれば、テレビや映画に出られるようになるだろうと、安易に考えていたんです。ところが、一年経《た》ち二年経っても、映画やテレビから、まったく声がかからないんですよ。ほかの劇団員は、映画のロケにいったり、テレビ関係では、端役ですが、ワンクール十三回のドラマに、出るようになったんですが、私には、そういう声が、まったく、かかりませんでしたね」

「そのうちに、今回殺された、谷村有子さんが、劇団に、入ってきたんですね？」

「ええ、そうです。彼女は、劇団では、三年後輩でした」

「その後、二人で、同棲生活を、始めたわけですね？」

「そうです」

「それは、お互いに、相手が好きになったからですか？」

「もちろん、そういう気持ちが、なかったとはいいませんが、最大の理由は、お互いにアルバイトをやっていても生活が苦しい。それで、一緒に暮らせば、少しは、生活が、楽になるだろう。そんな経済的な理由で、大岡山のアパートで、同棲を始めたんです」

「それは、葛西さんが、二十五歳で、谷村有子さんが、二十二歳の時ですね？　間違いありませんね？」

「ええ、そうです。間違いありませんよ」

「一緒に、アパートを見て回って、それで決めたんですか？」

「いや、最初、彼女が、大岡山に安いアパートを見つけて、ひとりで、そこに住むようになったんです。そのあとから、私が彼女のアパートに、転がりこんだ。そういういい方が、一番適切かもしれません」

「そのあとも、なかなか、芽が出なかったというか、いい役が回ってこなかった。これでいいですか？」

「そうですね。とにかく私も彼女も、頑張ってはいたんですが、二人とも、まったく、売れなかったんですよ」

「それが、今回、宇治を舞台にした『愛する目撃者』という、テレビドラマで、葛西信さんも谷村有子さんも、やっと、役らしい役を摑むことができた。そういうことですか？」

「そうです。私と彼女が、夫婦の役で、宇治で、偶然、殺人事件を目撃するという設定でした。全部で、ワンクール十三回の予定でした。それを、先日、宇治でロケしたんですが、ひょっとすると、最後まで、ずっと生きている役かもしれないんです。いつもは、すぐに死んでしまうか、いなくなってしまう役ばかりでしたからね。だから、嬉しかったですよ」

「ところが、宇治では、妻役の谷村有子さんが殺されてしまったので、急遽、若杉亜矢さんという女性と、コンビを組むことに、なりましたね？」

「そうです」

「若杉亜矢さんは、二十五歳で、死んだ谷村有子さんよりも、二歳若いんですね？」

「そうですが、この世界じゃ、二歳ぐらいの歳の差なんか、まったく、問題じゃありません。有名になって、出演したドラマの視聴率が、高くなること、それだけが、問題なんです」

「若杉亜矢さんという女性とは、前から知り合いだったのですか？」

「それほど深い知り合いじゃありませんが、前から、しってはいました。彼女も、その他大勢の役で、よく、出ていましたからね。同じ映画や、テレビドラマで、一緒になったことが、これまでにも、何度かありました。といっても、彼女も私や谷村有子と同じで、すぐに死んでしまうか、蒸発するような、役ばかりでしたが」

「葛西さんと谷村有子さんが、夫婦役で出ることになった今回のテレビドラマ『愛する目撃者』ですが、ご両親にしらせましたか？　知人や友人に、しらせましたか？」

「もちろんしらせましたよ。嬉しかったですからね。楽しんで見てくれ。そんなメールを、両親をはじめとして、しっている限りのところに、送りました」

と、葛西が、いった。

「ところが、第一回のロケで、谷村有子さんが、殺されてしまった。その時、どう、思いましたか？」

「ただただ、呆然と、するばかりでした。私も彼女も、今回の仕事が、嬉しくて、まさか、彼女が死ぬなんてことは、まったく、考えていませんでしたから。頭のなかが、真っ白に、なってしまいました」

「犯人に、思い当たることは、ありませんか？」

「それは、彼女が殺されたことで、何か思い当たることは、ないかという意味ですか？」

「そうです」

「同じことを、宇治で、警察に、何回もきかれましたが、いくら考えても、思い当たることなんて、何一つ、ありません。何回でもいいますが、やっと、二人とも役らしい役につくことができたんで、二人して、喜んでいたんですから」

「五年間の同棲生活で、ずっと、うまくいっていたのかどうか、その点は、どうなんですか？」

「一緒に住んでいたからといって、私と彼女とは、普通の夫婦みたいにはいきませんでした。お互いの都合というか、生活のために、同棲を、始めたところがありますからね。それに、どっちかが、いい役をもらったりすると、よく喧嘩になったりしてました。恋人というよりライバルでしたから。正直にいって、彼女のことを、うっとうしいとか、邪魔だと、思ったこともありましたが、だからといって、彼女を、殺したりはしませんよ。そんなことをする意味は、どこにも、ありませんから」

「五年間の同棲生活ということですが、例えば喧嘩をして、片方が、部屋を飛び出したりしたことなんかも、あったわけですか？」

「ええ、五年の間には、何回か、そういうことも、ありましたよ。でも、結局、ひとりでの生活は苦しいし、高くつくので、何となく仲直りをして、以前と同じような、同棲生活をしていました」

「谷村有子さんを殺す動機のありそうな人で、誰か、心当たりはありませんか？　お二人は、五年間も同棲生活をしていたわけだから、その間、彼女から、いろいろと、相談されたこともあったと、思うのですが。例えば、ストーカーに追い回されているので心配だ、どうしたらいいかといった、相談を受けたことは、ありませんか？」

「そんなこともありましたね。二十歳ぐらいの若い男に、つきまとわれて、困っている。彼女から、そんな相談を、受けたことがありますよ。あれは、もう、二年も前のことです。最近は、ストーカーに、追い回されることは、なかったんじゃないですかね？　少なくとも、私がしる限り、最近は、そういうことは、ありませんでしたね」

「葛西さんは今年三十歳、谷村有子さんは、二十七歳ですよね？」

「そうです」

「いってみれば、お二人とも、いわゆる、結婚適齢期というわけでしょう？　ほかの人との結婚話は出なかったんですか？」

「私は、見合いを、勧められたことはありませんよ。何しろ、両親に黙って、大学をやめてしまったのですから。両親や、あるいは、親戚から、見合いを、勧められたことはありません」

「谷村有子さんのほうは、どうですか？」

「彼女が、話したところでは、二十歳になってから、二回、親から見合いを勧められたといっていました。ただ、その相手は、二人とも今では結婚して子供もできている。だから、私なんかよりも、ずっと素敵な女性と、結婚したんだと思うわと、そんなことを、話していましたから、二回の見合いが、今回の殺人事件に、関係があったとは、とても思えません」

葛西は先回りしていった。

「同棲していた、谷村有子さんが、あなたとは別の、新しい恋人を作って、自分から離れていく、そんなことを考えたことはありませんか？」

「彼女に、私以外の恋人ですか？」

と、葛西は、きき返してから、

「いや、それは、ありません」

「どうして、そんなにはっきりといい切ることができるんですか？　彼女に葛西さんのしらない面があることだって、あり得るわけでしょう？」

「確かに、そうです。しかし、今回の、テレビドラマ『愛する目撃者』に抜擢されてから、彼女は、ドラマのことしか考えていませんでした。これは間違いありません」

と、葛西が、いった。

2

刑事たちは、このほか、谷村有子の友人や知人などに、片っ端から、話をきくことにした。

彼女が最近、葛西をどう見ていたかしりたかったのだ。

葛西信は、谷村有子に対して、殺してやりたいような強い憎しみを、感じたことはないと、主張した。

しかし、刑事たちは、その言葉を、鵜呑みにはしなかった。葛西信が、嘘をついている可能性も、あったからである。

劇団人生座の仲間たちは、葛西と友人であると同時に谷村有子の友人でもある。

まず、劇団人生座の劇団員の、葛西に対する証言である。

葛西信については、ほとんどの劇団員が、同じようなことをいった。

「葛西という男は、イケメンだし、背も高いし、台詞だって、はっきりしていましたよ。滑舌《かつぜつ》がいいというのか、小さな声で喋っても、はっきりときこえたから、俳優としては、才能があると、思っていました。だから、いい役がつかないのは、運が悪いんだと、思っていましたよ」

それとは、反対の意見をいう者も、何人かいた。

「葛西信の一番の欠点は、万事に、控え目なことでしょうね。普通の人間だったら、控え目であることは、美徳に、なるかもしれませんが、俳優としては、欠点だと思いますね。俳優として、成功したかったら、もっと、自分を主張して、自分のほうから、役を取りにいかなきゃ駄目なんですよ」

と、数人が、証言し、さらに、谷村有子について、

「彼女が、葛西信と、同棲していたことは、みんな、しっていましたよ。ただ、二人を見ていると、谷村有子のほうが、明らかに、主導権を握っていましたね。葛西自身、二人で生活していても、女が、主導権を握っていたほうが、うまくいくんだといっていましたが、あれは、明らかに負け惜しみですよ。きっと谷村有

子のほうが、女優として大きくなって、葛西は、いつも、彼女のあとを、追いかけるような、そんな二人ではないかと、みんなが、いっていましたね」

と、証言した。

その後、刑事たちは、今回のテレビドラマ「愛する目撃者」のプロデューサーに、会うことにした。

河合《かわい》という五十歳の男だった。

中央テレビでは、河合が、制作した何本かのドラマが、高視聴率を取っているということだったが、実際に会ってみると、なるほど、自信に溢れた男だった。

まず、河合プロデューサーには、葛西信と、谷村有子を、起用した理由を、きいてみた。

河合プロデューサーが、答えて、

「あの二人のことは、前からよくしっていましたよ。二人とも、それほどの、才能があるようには見えなかったが、何かの時に、二人で、恋人役をやっていましてね。うまくはないんだけど、なぜか、いい味を出している。そんなことを、思ったことがあったんですよ。だから、いつか二人を、使ってみようかなと、思っていたんです。今度の改訂台本をもらって読んでみると、殺人事件を、目撃するカップルがいて、その後、犯人に、脅かされ続けて、そのため二人の仲が悪くなるんだが、最後には、二人で助け合って、犯人を、追いつめる。そんな設定になっていたんで、それで、二人を、使ってみようと、思ったわけですよ」

「ところが、ロケの一日目に、谷村有子が殺されてしまいましたが、葛西とのコンビは、実際にはどうでしたか？」

「そうですね、ロケの最初の日に、いきなり、谷村有子が、死んでしまったので、もし、あのまま、ずっと使っていったら、どんなことに、なっていたのか、想像がつかないんですよ。うまくいっていたのか、それとも失敗だったのか、それもわかりませんね」

「その後は、谷村有子の代わりに、二歳若い若杉亜矢という女優と、葛西信がコンビを組みましたが、どうして、若杉亜矢を、谷村有子の代わりに、葛西信と、組ませることにしたんですか？」

「谷村有子と若杉亜矢とは、どこか、似ているところが、あるんですよ。二人とも、人に与える感じとか、どこかで、男を支配したがる雰囲気を持っていますからね。それで、若杉亜矢と、葛西信を組ませることにしたんです」

「葛西信ですが、二人が所属していた劇団人生座の仲間たちにきいてみると、彼のことを、褒める人間もいますが、けなす人間も、います。そのけなす人たちは、同じことをいうんですよ。葛西信は、何事にも積極性がない。もっと、積極的に自分を、売り出していかないと、俳優としては成功しないんじゃないかと。河合さんは、葛西信という俳優について、どう考えられますか？」

「確かに、俳優にしては、少しばかり、消極的だということは、しっていました。だが、それが、葛西信の、いい味にもなっているんです。だから、今回、十三話を通して出演する役になりましたが、その結果、多くの人が心配するような消極的なところとか、俳優としてのすぐれた才能が、あるのかどうか、このドラマで、わかるんじゃないですかね？　私は、それを、楽しみにしているんですよ」

と、河合が、いった。

さらに、刑事たちは、葛西信の両親にも会った。

父親は六十歳、母親は、五十六歳である。

父親はサラリーマン生活をやめて、夫婦で群馬《ぐんま》の温泉地で、小さな旅館を経営していた。

刑事たちは、そこにいき、両親に、息子の葛西信について、話をきいた。その結果、刑事たちは、両親から、貴重な情報を得ることができた。

刑事たちが、

「息子さんは、時々は、こちらに帰ってきていましたか？」

と、きいた時である。

「一年に一回くらいは、帰ってきていましたよ」

「その時は、息子さんは、ひとりで、帰ってくるんですか？」

「ひとりの時が、多かったですけど、確か二年前だったかに、女性を連れて帰ったことがありますよ」

「その女性ですが、この旅館に、一泊していったんですか？」

「あの時は確か、三日間、泊まっていったんじゃなかったですかね。それで、ひょっとすると、息子と、結婚することになってる女性じゃないかと、思ったりしたんですけどね」

と、母親が、いった。

刑事たちは、東京から持ってきた谷村有子と、若杉亜矢の写真を、両親に見せた。

「二年前頃、息子さんが連れてきて、三日間、泊まったという女性は、どちらですか？」

両親は、その二枚の写真を見たあとで、

「違うな。この二人の女性は、どちらも、違いますよ」

と、父親が、いい、母親も、

「確かに違います。このお二人じゃありませんよ」

と、笑いながらだが、はっきりと否定した。

「よく、見てくださいよ」

「ええ、よく見ていますよ。でも、違いますよ。息子が連れてきたのは、この人たちではありません」

「息子は、その女性のことで、この人と一緒にいると、安心するんだ。だから、大事なことは、この人に相談すると、いっていましたね」

と、父親が、いった。

母親は、もっと現実的に、

「二人が一緒になってくれたらいいのにと、思いましたよ。信はその時、確か、二十八歳でしたかね。そろそろ、身を固めても、いいんじゃないかと、思っていたんですよ」

「その時、息子さんは、彼女を、何と呼んでいました？」

「確か、あの時は『ゆう』と呼んでいたんじゃなかったですかね」

と、母親が、いい、父親は、

「ああ、そうだ。確かに『ゆう』と呼んでいた。私なんかは『ゆう』というのは、夕方の夕じゃないか、と思っていたんだけど、違っていたみたいです」

「どうして、違っていたと、わかったのですか？」

「私がきいたんですよ。息子に、あの女性の名前は、何というんだといったら、息子は、ただ『ゆう』と呼んでいる、名前とは関係ないと、そう答えたんです。だから、どんな字を書くのかわかりません」

と、父親が、いった。

「その女性の似顔絵を作りたいので、協力していただけませんか？」

と、刑事のひとりがいった。

刑事のなかでは、一番、絵がうまい三田村刑事が、スケッチブックを取り出して、似顔絵を、描くことになった。

しかし、葛西の両親は、二人とも、

「何しろ、二年以上も、前のことですから、よく、覚えていないんですよ。もし、間違えたら、大変なことになりますから、できれば、私は、遠慮したいんですけど」

と、母親が、尻ごみをし、父親も、

「途中から、自信がなくなった」

といって、証言するのを、やめてしまった。

そこで刑事たちは、旅館の従業員たちに協力してもらうことにした。

こちらのほうは、全員が、三十歳前後と若く、記憶もはっきりしているので、その証言によって、似顔絵があっさりとできあがった。

刑事が、その似顔絵を、改めて両親に見せると、

「似ていますよ。確かに、こんな顔をした女性でした」

両親とも今度は、うなずいてみせた。

刑事たちから、その似顔絵を、見せられた十津川は、これを、どう、解釈したらいいのか、迷った。

この女性を、葛西信は、群馬県下の、温泉地の小さな旅館に、誘った。

今も、その旅館は存在しているし、両親も、健在とのことだ。

刑事たちは、改めて、葛西信本人に会い、似顔絵の女との関係を、きいた。

「しらないとは、いわせませんよ。あなたのご両親は、今、群馬県下の、温泉地で小さな旅館をやっている。これは、そのご両親や、旅館の、従業員さんたちの証言で作った、似顔絵ですからね。皆さん、二年ほど前に、あなたが、この女性と一緒に、両親のやっている旅館に、やってきて、三日間、泊まっていったといっているんですよ」

刑事のひとりが、強い口調で、葛西信に、いった。

「確かに、この女性を、両親のやっている旅館に、連れていきましたよ。しかし、二年以上も前のことですからね。何という女性なのか、忘れて、しまいました。おそらく、その頃に、たまたま、知り合った女性だと思いますね」

と、葛西信が、いった。

「ご両親の話では、ひとり息子が、なかなか結婚しようとしなかったが、自分のほうから、女性を連れてきて、三日間も、泊まっていった。ということは、彼女と結婚するつもりなのではないか？　そんなふうに、感じたと、おっしゃっているんですが、それでも、この女性の名前は、思い出しませんか？」

しかし、葛西信は、黙ったまま、何も喋らない。

そんな葛西を見ながら、亀井刑事が、

「葛西さんは、どういうつもりで、彼女を、ご両親の経営している旅館に連れていったんですか？」

「女性と、ちょっと親しくなると、彼女を、両親に紹介したくなってしまうんですよ。あとになってから、困ったことになったことも、ありましたがね。そういう性分なんですよ。ですから、両親に、紹介したからといって、結婚を考えている相手と、いうわけじゃないんです」

「ご両親の話では、あなたは、彼女のことを『ゆう』と呼んでいた。そう証言していらっしゃるんですが、この女性の名前は『ゆう』で、いいんですか？」

と、亀井が、いうと、葛西信は、

「ああ、そういえば、今、思い出しましたよ」

と慌てた調子で、

「連れていったのは、川辺裕子《かわべゆうこ》という女性でした。『ゆう』というのは、彼女を、呼ぶ時の呼び方で、本当の名前は、川辺裕子ですよ」

「その後、川辺裕子さんは、どうして、いるんですか？」

「最近は、つき合いがないので、わかりません」

「その頃、葛西さんは、谷村有子さんと、同棲していたわけですよね？」

「そうです」

「その同棲生活が、うまくいかなくなったので、この川辺裕子という人と、つき合い、両親にも、紹介したわけですか？」

「いや、違います」

「いわゆる、この関係は、あなたが、二股をかけたということに、なるんですか？」

「いや、それも、違います」

「どう違うんですか？」

「谷村有子とは、私が、彼女のアパートに、転がりこんで、そのまま五年です。川辺裕子のほうは、二年くらい前、信州《しんしゅう》のほうにロケにいっていて、もちろん、その時も端役《はやく》で、大した役じゃありませんでしたが、その時、たまたま、ロケ見物にきていた彼女と、知り合ったんです。彼女と結婚をするつもりは、まったくなかったし、彼女のほうだって、同じ気持ちだったと思いますね」

　と、葛西が、いった。

「その後、川辺裕子さんとは、会っていますか？」

「つき合いは、ありませんが、偶然会ったことが、二度ほど、ありますよ。それだけです」

「どうして、会わなくなったんですか？」

「ある日突然、彼女に、こういわれたんですよ。両親の勧めで、ある大物政治家の三十歳になる息子さんと、見合いをした。向こうも気に入ってくれたし、私も気に入った。結婚を前提に、つき合うことにした。だから、もう、あなたとは、会えない。そんな電話があって、急に、私の前から、消えてしまったんです」

「その後、この川辺裕子さんは、どうなったかわかりますか？　今のあなたの話では、大物政治家の息子と、結婚することになったということですが、そのあと、本当に、結婚したんですか？　捨てた女でも、彼女が急に、ほかの男と親しくなると、突然、その女が惜しくなる。そんな話を、きいたことが、あるんですよ。それと同じで、あなたは、川辺裕子さんのことを、さまざまな手段を使って、本当に、大物政治家の息子と、結婚するのかどうか調べたりしたことは、ありませんか？」

「何しろ、二年も前の話ですからね。細かいことは、忘れましたよ」

「いいですか、忘れましたとか、覚えていませんとか、そんな言葉を続けていると、あなたの容疑は、どんどん濃くなりますよ。素直に、本当のことを、話してもらいたいのですよ。そうしないと、あなた自身も、不利な立場に、追いこまれてしまうことになりますよ」

刑事が、脅すと、葛西信は、急にいい直して、

「ええ、確かに、川辺裕子を、尾行したり、調べたりしましたよ。本当に、彼女が、大物政治家の息子と、結婚するのかどうかを、確認したくなりましてね」

「それで、川辺裕子は、本当に、大物政治家の息子と結婚したんですか？」

「いや、結婚しませんでした。今、その息子は、父親の秘書をやっています。別の女性と結婚して」

と、葛西信がいい、続けて、

「でも、面白いことに、彼女は息子ではなく、父親の白石幸次郎《しらいしこうじろう》のほうと結婚したんです」

念のために、白石幸次郎という代議士を調べていくと、葛西のいうとおり大物だということが、わかった。

現在、白石幸次郎は、国務大臣である。ほかに、白石物産という会社を、経営

していて、中国《ちゅうごく》から商品を輸入して販売している会社の、社長でもある。

五年前に、長年連れ添ってきた妻が、病死した。

このあと、二年くらい前から、五十五歳の白石幸次郎は、川辺裕子と、つき合うようになった。

白石幸次郎は、川辺裕子より一回り以上も年上である。白石物産の社長であり、大物政治家でもあるが、外見は小太りで、お世辞にも、スマートとはいえない。

それだけに、二人の関係は、白石幸次郎のほうが、川辺裕子に惚《ほ》れ、金と権力を使って、自分のものにしたのではないかと思われる。

刑事たちは、白石幸次郎が、川辺裕子と葛西信の二人がつき合っていたことを、しっていたのかどうかに、興味を持った。

刑事たちの捜査は、今度は、白石幸次郎に、集中した。

その結果、二つのことが、わかった。

一つは、白石幸次郎が持っている、軽井沢《かるいざわ》の別荘の周辺を、調べてみると、川辺裕子と思われる女を見たという目撃者がいることだった。それも、二年以上前にである。

もう一つは、白石幸次郎の個人秘書のひとりが、私立探偵を雇って、何かを、調べさせたということである。

最初は、その個人秘書が、自分の一存で私立探偵を雇い、自分が必要なことを、調べさせたのだと思われた。

しかし、捜査を、進めていくと、この個人秘書は、自分のためではなくて、ボスの、白石幸次郎の用件で、知り合いの、私立探偵を雇ったことがわかってきた。

それが、判明したのは、元警視庁捜査一課の刑事で、現在私立探偵をやっている、橋本《はしもと》のおかげだった。

白石幸次郎の個人秘書が雇った私立探偵と、橋本とが親しく、橋本が、それとなく、十津川に、ヒントを教えてくれたのである。

さらに捜査を進めた結果、刑事たちが、想像したとおり、この私立探偵は、川辺裕子の身辺を、調査していたことがわかった。

当然、川辺裕子が、葛西信という当時二十八歳の俳優と、つき合っていたことは、わかったはずである。その調査報告書は、最終的には、白石幸次郎自身に、渡されたはずである。

しかし、その後も、白石幸次郎は、川辺裕子を軽井沢の別荘に呼んだり、外国旅行に連れていったりし、そのあと、結婚しているから、葛西信のことは、無視することに、決めたのか、そのあたりのところは、刑事たちにも、わからなかった。

3

捜査の結果は、十津川から、京都府警の、赤石警部に、送られた。

その後、東京で捜査会議が、開かれた。殺された、谷村有子と大久保圭太は、二人とも、東京の人間であり、現在、容疑者になっている葛西信も、やはり、東京の人間だったからである。

捜査本部のボードには、現在、次の六人の名前が書かれてあった。

葛西信
谷村有子
大久保圭太

若杉亜矢
川辺裕子
白石幸次郎

「葛西信、三十歳が、犯人だとしてみよう。この場合、動機として、どんなことが考えられるだろうか？」

本多捜査一課長が、十津川たちの顔を見回した。

「その前に、被害者のひとり、大久保圭太、三十歳は、除外して考えたほうが、いいかもしれませんね」

と、亀井が、いった。

「どうしてだ？」

「彼は、たまたま、現場にいたために、谷村有子を殺した犯人、この場合は葛西信が、目撃者の大久保圭太の口も、封じたのではないかと、考えられますから」

「その点は、私も同感だ」

と、本多一課長が、うなずいた。

「それでは、葛西信と、谷村有子との関係に、絞って、考えていこう」

亀井が、まず発言した。

「葛西信と谷村有子は、五年にわたって、同棲生活をしていました。しかし、だからといって、二人が、本気で愛し合っていたとは断定できません。葛西信には、川辺裕子という、もうひとり、つき合っていた女性がいたことがわかっています。谷村有子が、そのことに、嫉妬したかどうかは、わかりませんが、これは、明らかに三角関係ですから、葛西信と谷村有子の、同棲生活は、ここにきて破綻していたと、見たほうがいいかもしれません。そうなると、やはり、二人に、川辺裕子を加えた三角関係のもつれから、葛西信が、宇治のロケ現場で、谷村有子を、殺した可能性があると、私は、考えます」

と、いった。

「私は、葛西信が、容疑者に、仕立てられたのではないかと、考えています」

と、いったのは、北条早苗刑事だった。

「容疑者に、仕立てられた？　そう考える理由を、話してみたまえ」

本多が、きいた。

「五年の同棲生活で、葛西信と、谷村有子の愛情が、冷めていたことは、充分に考えられます。しかし、今回、宇治を舞台にした『愛する目撃者』というテレビドラマで、二人は、今までになかったような、いい役を、与えられたのです。そんな大事な時に、多少の、愛情のもつれがあったとしても、葛西信が、谷村有子を殺すとは思えません。葛西信は、三十歳、谷村有子は、二十七歳です。二人とも、もうそれほど、若くはありません。これからの、自分の人生が、大事に、思えてくる年代ですから、せっかくのチャンスを、ほうっておいて、葛西信が、谷村有子を殺したとは、どうしても考えられないのです。そうなると、いったい、誰が、何のために、谷村有子を、殺したのかが問題ですが、そんな時に、新しく、二人の名前が、出てきました」

「それが、川辺裕子と白石幸次郎だな？」

「そうです。これまで、葛西信、谷村有子、そして、川辺裕子の三角関係が、考えられましたが、白石幸次郎を中心として、葛西信、川辺裕子の三角関係も、考えられるように、なりました。白石幸次郎は、川辺裕子と、つき合うようになってから、葛西信という男の存在をしり、私立探偵を雇って、葛西信と川辺裕子との関係を、調べさせたと思われます。そして、腹を立て、嫉妬した。五十五歳の男の嫉妬ですから、簡単には、収まらなかったでしょう。だからといって、人を使って、葛西信を、殺せば、自分に容疑がかかってしまう。白石物産の社長であり、政治家でもある白石幸次郎は、そんな馬鹿なことはできなかったでしょう。そこで、自分の名前や、川辺裕子の名前が、浮かばないような状況で、葛西信を、刑務所に、送ってやろうと思ったのではないでしょうか。川辺裕子の名前が出てしまうと、自分の名前も、自然に出てきてしまう。そこで、葛西信と五年間の、同棲生活を送ってきた谷村有子を、殺すことにした。そうすれば、容疑は、間違いなく、葛西信に、向けられます。白石がどんな方法で、谷村有子を殺したのかはわかりませんが、彼女は殺され、葛西信が、今のところ、第一の容疑者になっています」

北条早苗刑事は、そのあとで、

「これは、あくまでも、私の勝手な想像で、白石幸次郎が、犯人と、断定しているわけではありません」

と、いい添えた。

4

刑事のなかには、川辺裕子犯人説を、主張する者もいた。その代表の形で、三田村刑事が、発言した。

「川辺裕子は、葛西信とも、白石幸次郎ともつき合っていました。生活の安定を、考えれば、白石幸次郎のほうを、選ぶはずですが、年齢を考えれば、葛西信に魅力が、あります。それで、彼女は、ひとりに絞れなくて、二人と、つき合っていたのだと、思います。白石幸次郎と結婚したものの、葛西信が、やっと、いい役をもらって、役者として、将来有望かもしれないと、思えるようになってきて、川辺裕子は、白石幸次郎よりも、葛西信のほうに、気持ちが、傾いていったのではないかと、思うのです。その場合に、問題となるのは、谷村有子の、存在です。五年間も、葛西信との同棲生活を送ってきたので、二人の間に、ひびが入っていたのではないかと、推測する人もいますが、逆に、五年もの長い間、同棲生活を送ってきた、それだけのものが、二人の間にはあったと、考えるべきなのではないのか。二人は、今回のドラマで、同じように大きなチャンスを与えられました。それを潮に、二人の仲が、より強いものになっていく可能性もあります。そうなると、川辺裕子にしてみれば、今まで以上に、谷村有子が、邪魔な存在になってきたのではないでしょうか？　しかし、東京で彼女を殺したりすれば、どうしても、自分に疑いがかかってきます。そこで、宇治のロケ現場を狙って、谷村有子を、殺したのではないか？　今、そんなふうに、考えていますが、確信があってということではありません。川辺裕子が、犯人だとすれば、もう少し調べる必要が、あります。それは、私にも、わかっています」

三田村刑事は、慎重に、いった。

第四章　再び宇治へ

1

東京のど真ん中で、殺人事件が発生した。正確にいえば、この日の午後十時きっかりに、議員宿舎の部屋の一つで爆発が起き、その部屋にいた国務大臣の、白石幸次郎が、亡くなったのである。

その時、部屋には、SPは、いなかったし、五人いる個人秘書も、それぞれの自宅に、帰ってしまっていた。

部屋にいたのは、国務大臣の、白石幸次郎ひとりだったと、思われる。

爆発は強烈で、部屋のドアが吹き飛び、天井が、崩れ落ち、窓ガラスは、飛散した。

急報を受けて、まず、消防が、到着した。その消防隊員が最初に見たのは、崩れ落ちた天井の下に、横たわっている、白石幸次郎の死体だった。

殺人事件の可能性が強いということで、次には、警視庁捜査一課の、刑事たちがやってきた。

十津川が、この事件の捜査も担当することになったのは、死んだ白石幸次郎が、どこかで、現在、十津川が、捜査している殺人事件の、葛西信や谷村有子と、関係があるのではないかと、思われたからだった。

十津川の目には、その部屋の様子は、あまりにも惨憺たるものだったので、亡くなった白石幸次郎は、一瞬のうちに、強烈な爆風にさらされて、即死したものと思われた。

白石は、裸の上から、バスローブを羽織《はお》っていた。かろうじて、爆発を免れた浴室は、浴槽も、シャワーも、まだ、濡れていたから、被害者の白石は、風呂に浸《つ》かり、その後、バスローブを羽織って、リビングルームの、ソファに腰をおろして、ゆったりと、寛《くつろ》いでいたところを、何者かが仕かけた爆発物が爆発して、彼の命を奪ったものと、推測できた。

その爆発物は、どのようなものでどこに仕かけられていたのだろうか？

十津川は、まず、その点を、調べることにした。

刑事たちが、部屋中を捜し回った挙句、見つけたのは、一体の、京人形だった。

人形は、ばらばらに、壊れていた。ただ、胴体の部分を嗅ぐと、強く焦げた臭いがして、火薬の臭いもした。

さらに部屋の隅から、これも、壊れた、携帯電話の破片が、発見された。

そうしたものを、結びつけると、この部屋には、着物姿の、美しい京人形があり、人形の体内には、爆弾と、携帯電話を使った起爆装置が、仕かけられていて、たぶん、京人形は、リビングルームの、テーブルの上に飾ってあったと考えられた。

湯あがりの白石幸次郎は、ソファに、腰をおろして、テーブルの上の美しい京人形を眺めていたのかもしれない。

午後十時に、京人形が、突然、爆発。近くにいた白石幸次郎は、即死した。

京人形の破片を、刑事たちが、集めている時に、白石幸次郎の、個人秘書、古《こ》賀敬《がたかし》が、蒼い顔で、駆けつけてきた。

テレビの臨時ニュースで、事件をしって、まさか、自分のボスの白石幸次郎が死んだとは思わず、とにかく、議員宿舎に、きてみたのだと、秘書の古賀はいった。

「とにかく、亡くなった白石さんの、確認をしてください」

十津川は、リビングルームの床に横たわっている死体を、古賀敬に、見せた。

古賀は、死体を見ると、黙ってうなずいた。

その古賀に、十津川が、質問をぶつけた。

「今日一日の白石幸次郎さんの、スケジュールを、きかせてもらえませんか？」

「明日から国会が再開されるので、昨日のうちに、白石先生は、軽井沢の別荘からこちらに、戻ってきていました。明日からの、国会に備えて、何か、打ち合わせがあるのかと思っていたのですが、白石先生が『明日から国会が、始まると忙しくなるので、今日一日は、ゆっくり、休んでおきたい。君たちも、今日は家に戻って、体を休めておいたほうがいい』といわれたので、役人もみな、帰ってしまいましたし、私たち秘書も、自宅に、戻っていました」

古賀が、いった。

「白石幸次郎さんは、間違いなく、あなたに、今日は一日ゆっくり休みたいといわれたんですね？」

「ええ、そうです」

「あなたは、それを、どう受け取ったんですか？」

「こんなことは、あまり、いいたくないのですが、おそらく、先生は、今夜は女性と、会うことになっていたんじゃないかと思いますね」

と、古賀が、いった。

「しかし、白石さんには、奥さんがいるわけでしょう？」

「ええ、そうです。名前は、裕子さんです。一回り以上、年齢《とし》が若い奥さんです」

「その奥さんは、今、どうして、いるんですか？」

「実は、白石先生と奥さんは、今、別居状態で、奥さんの裕子さんは、滋賀《しが》県の実家に、帰ってしまっています」

「別居の原因は、何だったんですか？」

「これも、本当は、あまり、いいたくありませんが、まわりの人間は、誰でもしっていることですから、お話ししても、構わないでしょう。理由は、先生の女癖の悪さです。裕子さんは、それに我慢ができずに、実家に戻ってしまっていたんです」

秘書の古賀が、いった。

少しとげのある、いい方だが、たぶん、古賀という秘書は、白石に対して、いいたいことが、いくらでもあったのではないだろうか？

「今夜、白石さんが、この部屋で、女性と会うことに、なっていたとしてですが、その女性について、古賀さんは、何か心当たりが、ありますか？」

十津川がきいた。

「それが、私にも、わからないのですよ。相手は、最近になって、知り合った女性ではないかと、思います。それで、秘書の私にも、情報が、伝わってこないのだと、思っています」

「もう一つ、この、テーブルの上に、京人形が飾ってあったのではないかと、思うんですが、古賀さんは、京人形を、見たことが、ありますか？」

「ええ、ありますよ。たぶん、後援会の方が、贈ってくださったものだと、思います。最近、送られてきたもので、芸妓《げいぎ》さんの人形でした。先生は、その人形を、箱から出し、テーブルの上に置いて、眺めていらっしゃいました」

「それは、京人形が、美しかったからですか？　それとも、人形の贈り主が、綺麗な、女性だったからでしょうか？」

と、十津川がきいたが、

「私には、わかりません」

としか、古賀は、答えなかった。

「白石幸次郎さんの、奥さんは、滋賀県の実家に、帰られてしまっているということですが、奥さんの携帯電話と実家の、電話番号をご存じなら、教えていただけませんか？」

古賀は、携帯電話を取り出すと、そこに、登録してある白石裕子の携帯電話の番号と、実家の電話番号を、教えてくれた。

2

十津川は、いったん、秘書の古賀に帰ってもらい、白石幸次郎の死体を、司法解剖のために、大学病院に、運ぶことにした。

その作業のあとで、十津川が、亀井に、いった。

「現在、別居中だという、白石幸次郎の妻、裕子というのは、宇治で殺された谷村有子や、葛西信との関係で、名前の出てきた女性だよ」

亀井が、うなずいて、

「そうでしたね。確か、葛西信がつき合っていた女性が、川辺裕子で、彼女は、歳の離れた、国務大臣の白石幸次郎と結婚したんでしたね。今、別居しているというのは、どういうことなんでしょうか？」

「古賀という秘書の話によると、死んだ白石幸次郎の女癖が、悪いせいで、奥さんの白石裕子、旧姓川辺裕子が怒って、実家に、戻ってしまったらしい」

と、十津川がいう。

十津川と亀井が、話をしている間にも、部下の刑事たちは、ばらばらになった京人形の破片を、必死で、繋ぎ合わせる作業を続けていた。

もちろん、完全に組み立てられはしないのだが、元の人形が、どんなものであったのか、だいたい、わかってくる。

「この京人形ですが、白石本人が、買ったとは思えませんね」

と、亀井が、いった。

「間違いなく、誰かからの贈り物なんだ。秘書の古賀も、後援者の誰かから、贈られたものだといっていたが、白石幸次郎の後援者が、爆弾を仕こんだ京人形を、贈るはずはないだろう。だとすると、最初から、白石幸次郎を殺したいと考える犯人が、後援者の名前を騙《かた》って、贈ったものに違いない」

「その点は、私も同感です。個人的な恨みとすると、容疑者は、別居している、妻の裕子でしょうか？」

「その可能性は、低いと思うね」

「どうしてですか？」

「二人は、現在、別居中だし、それに、別居の理由は、白石幸次郎の、女癖の悪さらしい。わかれたければ、妻の裕子のほうから、弁護士を立てて、離婚を、申し入れれば、裁判になっても、間違いなく、勝てるからね。何も、わざわざ、爆弾を使って、夫の白石幸次郎を、殺す必要はないんだよ」

十津川がいうと、

「なるほど。確かに、そのとおりですね」

と、亀井がうなずいた。

十津川は、腕時計に、目をやった。すでに十二時を回っている。

「夜が、明けたら、被害者の、女性関係を当たってみよう」

と、十津川が、いった。

夜が明けるのを待って、捜査本部が、設けられた。

十津川は、古賀秘書にきいた電話番号に、電話をしてみることにした。

滋賀県にある、白石幸次郎の妻、裕子の実家である。

相手は、すぐに電話に出たが、十津川が、東京にきて、亡くなったご主人の、確認をしてほしいというと、裕子は、

「申しわけありませんが、今は、そちらにはいきたくありません」

と、いった。

十津川が、繰り返しても、返事は、同じだった。

仕方なく、十津川は、

「そうなると、こちらから、お伺いすることに、なるかもしれませんよ」

と、いって、電話を切った。

3

十津川は、京都にいくと、亀井に告げた。

「京都にいき、その帰りに、滋賀県の実家に帰っている白石裕子に会うことにする」

と、十津川が、いった。

二人はすぐ、新幹線で、京都に向かった。

京都では、京都府警捜査一課の赤石警部に会った。赤石警部も、東京で国務大臣の白石幸次郎が殺されたことは、すでにしっていた。

「今回の東京のこの事件が、こちらで捜査中の事件と、どこかで、繋がるのではないかと、思っているのです。何しろ、亡くなった白石幸次郎の奥さんが、結婚前の名前が川辺裕子で、葛西信とつき合っていた女性だからです」

と、十津川が、いった。

「そのことは、こちらでも、同じように、考えていました。葛西信が、川辺裕子ともつき合っていたことはそちらからの報告でしっていました。したがって、十津川さんのいわれたように、今回の、東京の事件と、宇治で起きた事件とは、どこかで、繋がっているのかもしれません」

と、赤石も、いった。

京都では、捜査会議が開かれ、その席で、十津川は、国務大臣の白石幸次郎が殺された時の状況を、詳しく、説明した。

十津川は、その席で、京都にきてから購入した芸妓の立ち姿の、京人形を、テーブルの上に置いてから、説明を始めた。

「芸妓の姿をした、この京人形と同様なものが昨日、東京の議員宿舎で起きた国務大臣、白石幸次郎の殺害に使われました。犯人は、この京人形の胴体の部分に、爆弾を仕かけ、携帯電話を使った起爆装置で爆発させ、近くにいた白石幸次郎を、殺しました。おそらく、即死だったと考えられます。使われた爆薬は、プラスチック爆弾だと、考えられます。東京で起きたこの事件は、こちらの京都府警が、現在捜査中の事件、宇治橋の近くで、谷村有子と、撮影スタッフの大久保圭太が、殺された事件と、どこかで、繋がりがあるのではないかと考えられます。こちらで起きた事件で、もっとも容疑が濃いのは、谷村有子と五年間同棲していた俳優の葛西信ですが、この葛西信がつき合っていた女性、川辺裕子の夫が、今回、東京で殺された、国務大臣の白石幸次郎だからです」

「なるほど。問題は、動機ということだね」

と、府警本部長が、いった。

それを受けて、赤石警部が、口を開いた。

「こちらで捜査中の事件では、葛西信と、谷村有子という売れない俳優が問題になっています。二人は、同じアパートで、五年間、同棲していました。アルバイトをしながら、俳優の、勉強をしていましたが、一向に、売れる気配がなかったといわれます。それが、たまたま、連続テレビドラマのなかで、実生活と同じように、若いカップルとして登場することに、なりました。脇役ではありますが、シナリオを読むと、途中で死んだり、旅行にいったりして姿を消すことはないようで、ドラマの最終回まで、この二人は、出てきます。やっと、売れるチャンスが、やってきたとも考えられます。少なくとも、葛西信のほうは、そのつもりだったようです。このことで二人の間に、何らかの、いさかいがあったのではないかと、考えました」

「いさかいというと、どんなことだ？」

「葛西信は、宇治で殺された谷村有子と同棲しながら、川辺裕子ともつき合っていました。川辺裕子は、その後、国務大臣の白石幸次郎と結婚して、白石裕子と、なるわけです。そのことで、白石裕子と葛西信との間に、何か、トラブルが起きたのかもしれません。また、同じような喧嘩が、葛西信と、谷村有子との間にも、起きたのではないでしょうか？　たとえばですが、女性の、谷村有子のほうが、役者として将来有望だったとします。それで、谷村有子が、葛西信のことを、馬鹿にしたのか、葛西信が、焼きもちを、焼いたのかは、わかりませんが、トラブルになったのではないでしょうか？　今のところ、葛西信は、宇治で起きた、殺人事件の有力な容疑者になっています。問題は、今回の、東京での殺人事件と、こちらの事件とが、どう結びつくのかということです」

赤石の言葉を受けて、十津川がいう。

「今の段階で、二つの事件の間に、唯一関係があると、思われるのは、葛西信という男と、今回の事件で殺された白石幸次郎の妻とが、男と女の関係にあったということです」

「宇治の事件と同じように、葛西信が、今回の事件の、容疑者だとすると、動機は、どう考えるんだ？」

府警本部長は、赤石を見、十津川を見た。

赤石が、答える。

「考えられるケースとしては、次のことがあります。今もいったように、葛西信は、谷村有子という女優と五年間も、同棲を続けていながら、その一方で、川辺裕子という、別の女性とも、つき合っていたのです。川辺裕子は、谷村有子より若くて、魅力的だったのかもしれません。葛西信のほうから川辺裕子に近づいたのだと思います。ところが、彼女は、さっさと、政治家の白石幸次郎と、結婚してしまいました。そのことに、葛西信は、腹を立てた。好きだった女を奪った白石幸次郎に、強い怒りを覚え、今回、白石幸次郎を殺したとも考えられます」

「しかしだね、君の話では、現在、白石夫妻は、別居状態にあるんじゃないのかね？」

「そのとおりです」

「それなら、この夫婦が、離婚する可能性だって、あるわけだろう？」

「おそらく、近いうちに、離婚ということになるはずでした」

「それなら、君のいうように、葛西信にしてみれば、おとなしく、それを待っていて一緒になればいいんじゃないのかね？　何も今、白石幸次郎を殺すという、危ない橋を渡る必要はないと、思うがね」

「理屈では、そうですが」

と、十津川が、いった。

「人間は、感情の動物ですから、別居するくらいなら、なぜ、白石を捨てて、自分のところに戻ってこないのかと、葛西信は、そのことに、腹を立てていたかもしれません。ただ、葛西信は、川辺裕子を、どうこうする気にはなれず、その代わりに、彼女を奪っていった、白石幸次郎を殺そうと思ったのでは、ないでしょうか？」

と、赤石が、いった。

「それで、今、葛西信は、どこにいるんだ？　居場所は、突き止めて、いるのか？」

府警本部長がきく。

「現在、葛西信は、京都か、宇治の周辺にいます」

「それでは、彼について、もっと、詳しく、話してもらえないかね？」

府警本部長が、二人の警部を促した。

「宇治周辺でロケがおこなわれた、テレビドラマ『愛する目撃者』は、実際に殺人事件があったことなどが話題となって、人気が出て、視聴率も、よかったので、続編が、作られることになりました。そこで、現在、続編をどう作るのかを、決めるために、プロデューサー、監督、シナリオライター、主な俳優たちが、東京から、京都にきているときききました。今日も、京都にいるのか、それとも、撮影の、主な舞台になる、宇治にいるのか、調べてみないとわかりませんが」

赤石が、いった。

「その詳しいことを、すぐに調べて、報告してくれ」

と、府警本部長がいった。

捜査会議は、いったん中断され、その間に、赤石は「続・愛する目撃者」のロケハンで、関係者が、今、どこにいるかを、調べることになった。

二時間後に、再び、捜査会議が開かれ、赤石警部が、報告した。

「調べてわかったことを報告します。このテレビドラマの、プロデューサーは、京都にいて『続・愛する目撃者』の舞台をどこにするか、それから、必要経費の計算などもあるので、京都の駅前のホテルに、泊まっています。監督、シナリオライター、カメラマンなどは、ドラマの続編も宇治線が、舞台になるので、京都・宇治間を何回も、往復しているそうです。ほかに、集まっているのは、葛西信、若杉亜矢、新藤美由紀。それから、続編での主役を演じる大物俳優を探しているそうです。これは、京都のホテルにいる河合というプロデューサーに、電話して、きいたことです」

「それで、監督や俳優たちは、今、どうしているんだ？」

府警本部長がきいた。

「電話で、河合プロデューサーが話してくれたところでは、葛西信と若杉亜矢の二人は、監督やシナリオライターと一緒に、宇治線を往復しているそうです。しかし、新藤美由紀は、大物女優ですから、そんなわけにはいかず、現在、京都のホテルで休養しています。プロデューサーとは、別のホテルです」

捜査会議の結論としては、宇治にいき、もう一度、俳優たちや、監督、シナリオライターたちに会って、東京で起きた、国務大臣、白石幸次郎の殺人についても、彼らの反応を見てみようということになった。

それには、十津川も、同感だった。

何らかの反応が出れば、東京で起きた事件と、宇治で起きた事件との、関連性が考えられるからである。

明日、赤石警部と若手の刑事ひとり、そして、十津川と、亀井の合計四人が、宇治にいくことが決まって、捜査会議は、終了した。

4

京阪宇治駅は、少しばかり、変わった形をしている。

列車が着く、プラットフォームには、別に不思議なところはない。何の変哲もない、普通のホームである。

異様に見えるのは、駅舎のほうだった。鉄筋コンクリートが剝き出しの建築様式になっていて、そのためか、駅舎のなかはひんやりとしていて、そして、薄暗い。

乗客たちは、そんな駅舎の形を眺めることもなく、足早に、改札口に向かって、歩いていく。

駅舎で、朝の掃除が、始まった。

薄暗い駅舎の隅に、物置が作られていて、そこには、掃除道具や、壊れたカンテラなどが、つめこまれている。

鍵を開けるために、近づいていった女性の清掃員が、眉を寄せたのは、鍵が壊されていたからである。

清掃員は、次に、戸を開けたが、いきなり、大きな悲鳴を、あげた。

そこに、若い男が、体をくの字に曲げて、押しこまれていたからである。

彼女の悲鳴をききつけて、ほかの清掃員たちが、駆けつけた。

今度は、悲鳴ではなく、大きな声が、入り乱れた。押しこまれていた男の体は冷たくなっていて、すでに、死後硬直が、始まっていた。

清掃員が駅員にしらせ、駅員が、一一〇番して、所轄の宇治警察署から、捜査員たちがやってきた。

他殺の可能性が高かったからである。

身元を、確認するため、刑事たちが、男の持ち物を調べてみると、財布があり、身分証が、見つかった。

葛西信、三十歳とあり、住所は、東京の大岡山に、なっていた。

葛西信の死体は、いったん宇治警察署に運ばれた。

宇治警察署では、検視官が、死体を調べた。

その時になってわかったのは、死体に外傷が、まったくないということだった。

検視官は、甘ずっぱい青酸ガスの臭いを嗅ぎ取った。

「中毒死の可能性が高いね。おそらく青酸カリだろう」

と、検視官が、いった。

その言葉に、刑事たちが、首をかしげた。

「そうすると、犯人は、青酸カリで、殺しておいてから、わざわざ仏さんを、宇治駅の物置に、押しこんだのか？　どうして、そんな、面倒なことをしたんだろう？」

京都府警の赤石警部や、警視庁の十津川たちが到着したあとで、葛西信の死体は、司法解剖のために、大学病院に、送られていった。

捜査本部の指示で、関係者に、宇治警察署に、集まってもらった。

京都の別々のホテルから、河合プロデューサーと、大物女優の新藤美由紀の二人が、やってきた。

ロケハンをやっていた、渡辺監督、シナリオライターの後藤明《ごとうあきら》、カメラマンの小西雄介《こにしゆうすけ》、助監督の久保田《くぼた》、そして、若い女優の若杉亜矢らは、宇治線の、始発駅である中書島のホテルに、泊まっていた。

彼らは、そこから、京阪宇治線に乗って、やってきた。

赤石警部や十津川警部たちは、集まった彼らから、話をきくことになったのだが、その際、葛西信はひとりだけ、京都のホテル、といっても、河合プロデューサーや新藤美由紀とは、別のホテルに、泊まっていたことをしった。

「われわれは、まだ容疑の晴れていない葛西さんの行動は、把握しているつもりでしたが、ひとりだけ別のホテルとは気づきませんでした。なぜ、彼だけがひとりで、京都の別のホテルに泊まっていたんですか？」

赤石が監督の渡辺に、きいた。

「こっちは『愛する目撃者』の続編のストーリーを考えるために、ロケハンをしているのですから、葛西君にも、中書島の、同じホテルに、泊まってほしかったんですがね。どうしても、ひとりになりたい。ひとりで、役作りをしたい、というのですよ。無理に、駄目ともいえないので、許可しました。まあ、全員で、ロケハンをする時には、集合時間に遅れずに、ちゃんと、きていましたからね。文句もいえませんでした」

「しかし、あまり、いい気分ではなかったんでしょう？」

十津川が、きく。

「そうですね『愛する目撃者』に出るまでは、葛西君は、ほとんど無名の役者でした。それが、あのドラマに、出たおかげで、少しばかり名前が売れて、人気が、出てきました。だから、それを、鼻にかけているんだという声もありました」

と、河合プロデューサーが、いった。

「それで、昨日は、皆さんは、どう動いたんですか？」

と、赤石が、きいた。

渡辺監督が、答える。

「昨日は、私と、シナリオライターの後藤君の二人だけで、京阪宇治線の、車内や、宇治の町を、じっくりと見て、回りました。だから、昨日は、葛西君も、若杉君も、一緒には、行動していません」

その時、司法解剖を依頼した、大学病院から、電話が入った。

それを受けた赤石警部が、結果を、そこにいた捜査員全員に、報告した。

「今、司法解剖の結果が、わかりました。死亡推定時刻は、昨日の、午後十時から十一時の間で、死因は、青酸中毒による、窒息死です。胃のなかには、ウイスキーが残っていたそうですから、被害者は、青酸カリが混入していたウイスキーを、飲んだものと、思われます」

それを報告したあと、赤石は、

「葛西さんは、お酒が、好きでしたか？」

と、きいた。

今度はシナリオライターの後藤明が、答えた。

「ええ、お酒は、好きでしたよ。よく一緒に飲みました」

「強いほうでしたか？」

「好きでしたが、それほど、強いということはありませんでした。酔っ払った葛西さんを、タクシーに乗せるのに、苦労したことも、ありますよ」

と、後藤が、いった。

警察は、その日の、午後十時から十一時の間の全員のアリバイをきいた。

そこにいた、関係者はすべて、その時間には、ホテルの、自分の部屋で、寝ていたり、テレビを見ていたといった。

「被害者の葛西さんが、ひとりでわざわざ、宇治駅の駅舎の物置のなかで、青酸カリ入りの、ウイスキーを飲んで、死ぬはずはありません。それに、ウイスキーの瓶《びん》も、発見されていませんから、こんなふうに、考えられます。犯人が、葛西さんに、どこかで、青酸カリ入りのウイスキーを、飲ませた。死亡した葛西さんを、理由はわかりませんが、わざわざ宇治駅まで運んで、物置に押しこんだということになります。そこで、皆さんにおききしたいのです。葛西さんから最近、誰かに狙われているような気がするとか、誰かに殺されそうになったとか、そんな話を、きいた方は、いらっしゃいませんか？」

赤石警部が、みんなの顔を見回した。

しかし、誰も、発言しない。

ただ、河合プロデューサーが、こんな、質問をした。

「前に、女優の、谷村有子と撮影スタッフの大久保圭太の二人が、京阪宇治線の沿線での撮影中に、殺されました。二人がいなくなった場所の近くに、葛西信がいたから、警察は、彼を、疑っていたんじゃありませんか？」

「確かに、葛西信さんは、第一容疑者です。何しろ、二人がいなくなったロケ現場に、同行していましたからね。そこで、警視庁に依頼して、葛西信さんという人間について、調べて、もらいました」

と、赤石が、いい、十津川が、補足した。

「葛西信さんと、殺された谷村有子さんの二人について、京都府警の依頼で、われわれ警視庁捜査一課が、調べました。ここにいる皆さんも、よくご存じのように、葛西信さんは、三十歳。谷村有子さんは、二十七歳。二人は、東京の大岡山駅近くのアパートで、五年間同棲生活を続けていました。二人とも、売れない役者でしたが、皆さんの作った、テレビドラマ『愛する目撃者』で、やっと役らしい役がついたと、いわれています。葛西信さんの両親は、小さな旅館を、やっていて、現在も健在です。また、葛西さんには、前科はありません。彼と同棲していた、谷村有子さんですが、彼女が、ちょっとした事件を起こしていることは、ここにいる、新藤美由紀さんが、よくご存じですね？　あなたが、落とした運転免許証を、たまたま、谷村有子さんが、拾って、本名がよく似ていたので、数日間、あなたに黙って使っていた。それがばれたのですが、新藤さんは、谷村有子さんを、訴えたりはしなかった、ときいていますが、これは、間違いありませんか？」

十津川が、きくと、新藤美由紀が、にっこりして、

「確かに、運転免許証を、落としてしまいましたが、私には、実質的に、ほとんど損害がありませんでしたから、警察の方にお願いして、谷村有子さんのことを許してもらったんですよ」

「今、十津川さんが、話したように、今回の被害者、葛西信さんには、誰かに、殺されなければならないような理由が、まったく、見つからないのです。今回のドラマに出るようになって、少しばかり天狗になっていたんじゃないかと、ききましたが、初めていい役がついたので、多少天狗になったとしても、そのために、誰かに、殺されるというようなことは、考えられないのですよ。ただ、もし、葛西信さんの、今回の役を、本来は、誰か、ほかの役者さんが、やるはずだ

ったのを、葛西信さんが奪いとったということならば、殺される動機になると思うのですが、その点は、どうですか？」

赤石が、河合プロデューサーに、きいた。

「あの役は、最初から、葛西信君と、谷村有子君の二人に、決めていました。ほかに、候補者は、いませんでした。これは、嘘ではありません」

河合プロデューサーが、強い口調でいった。

「もう一つ、皆さんに、おききしたい。葛西信さんは、谷村有子さんと同棲しながら、同時に、川辺裕子さんとつき合っていたようです。現在、川辺裕子さんは、先日殺された、白石幸次郎という政治家と、結婚していますが、このことで、谷村有子さんと、葛西信さんとの間で、揉めたりは、していませんでしたか？」

と、赤石が、きいた。

シナリオライターの、後藤が、答えた。

「さっきもいったんですが、僕と葛西さんとは、いわゆる、飲み友だちで、よく、一緒に飲みながら、いろいろと、話をしましたよ。その時の感じでは、葛西さんと、谷村有子さんとが、女のことで、揉めたり、喧嘩をしていたというようなことは、ありませんでしたよ。それに、二人が同棲していたといっても、もう、五年ですからね。谷村有子さんのほうにだって、好きな男ができたこともあるんです。ですから、女のことで、二人が揉めたということは、ないと思いますよ」

若い女優の、若杉亜矢も、後藤と同じことをいった。

「私と谷村有子さんとは、大部屋時代からのつき合いなんです。一緒に飲んだり、食べたりしましたが、女のことで、葛西さんと揉めたことはないと、私も、思いますよ。そんな話は、一度も、きいたことがありませんから」

5

このあと、関係者には、いったん、ホテルに帰ってもらい、宇治警察署で、捜査会議が開かれた。

赤石警部が、困惑した表情で、口を開いた。

「弱りました。さっきの連中の話によると、葛西信を殺したいほどの憎しみを持っている人間は、いないというのですよ。こちらの調べでも、同じです。今回のテレビドラマで、やっと、人気が出てきたといっても、葛西信という俳優は、まだ、あまりしられていないでしょう。そんな俳優を、誰が、どうして、殺すでしょうか？」

「しかし、前に、同棲相手の谷村有子が殺された事件では、葛西信は、第一容疑者になっているのは、間違いないんだろう？」

と、府警本部長が、いった。

「ええ、間違いなく、葛西信が、第一容疑者です。彼は、ロケの現場にいましたし、殺された谷村有子と、五年間も、同棲していた男ですから、当然、容疑者として、われわれは、マークしました」

「しかし、その葛西信自身が、今回殺されてしまったんだ。それを、どう見るのかね？」

と、府警本部長がきく。

「正直なところ、わからなくて、困っています。容疑者が、殺されてしまうと、葛西信は、谷村有子殺しでも、犯人ではなかったのではないかと考えてしまうのです」

「谷村有子が殺された事件では、容疑者は、葛西信ひとりだけだったんだろう？」

「そうです」

「葛西信殺しでも、犯行の動機がわからない。谷村有子殺しについてだって、動機のわからない事件だったんじゃないのかね?」

と、府警本部長が、いった。

赤石警部が、考えこんでいると、府警本部長が今度は、十津川に向かって、

「君の意見もきかせてくれないか?」

「私も、谷村有子と、葛西信が、続けて殺されたことに、大きな戸惑いを、感じています。この二人には、殺される理由が見つからないからです。二人とも、売れない、俳優でした。五年間同棲していたのも、ひとりでは、部屋代が払えないからだという話を、ききました。そんな二人でしたが、今回の連続ドラマに、出演することで、やっと、芽が出るかもしれないといわれていましたが、将来はわかりません。そんな二人を、いったい、誰が、何の理由があって、殺したのか? 私には、どうしてもその理由がわからないのです」

「君に、もう一つ、ききたいのだが、今回、東京で、国務大臣の、白石幸次郎が殺された。この事件について、君の考えをきかせてほしい」

「確かに、国務大臣の白石幸次郎が殺されました。その奥さんが、旧姓、川辺裕

子とわかった時には、東京のこの事件と、宇治で起きている事件との間に、何らかの関係があるに違いないと思いました。川辺裕子と、俳優の葛西信とが、以前、関係があったからです。自分の彼女を、白石幸次郎に奪われてしまった葛西信が、嫉妬にかられて、白石幸次郎を殺したという図式に、なるんですが、白石幸次郎と、妻の、旧姓川辺裕子との間には、現在、離婚話が持ちあがっていて、別居しているのです。奥さんの裕子は、滋賀県の実家に、帰ってしまっています。関係者の話では、二人の離婚は、ほとんど決定的だと、いわれています。それなら別に、葛西信が、嫉妬にかられるまでもなく、間もなく川辺裕子は、夫とわかれてひとりになる。そうしたら、また、彼女とつき合えるわけです。それで、嫉妬にかられての殺人という線は、消えました。その上、葛西信自身が、殺されてしまったのです。そうなると、東京で起きた事件と、宇治で起きた事件との繋がりの糸は、ぷっつりと切れてしまった。そんな感じを、今は受けています」

「そうすると、君は、今の段階では、東京で起きた事件と、宇治で起きた事件の間には、何の関係もないと、考えているのか？」

府警本部長がきく。

「今の状況から、そう、思わざるを得ないのです。今申しあげたように、葛西信に国務大臣の白石幸次郎を、殺す理由がありませんし、彼自身が、殺されてしまいましたから」

「ところで、今回の事件だが、司法解剖の結果、殺された葛西信は、青酸カリ入りの、ウイスキーを飲まされて、死んだことが判明した。前の事件、谷村有子と大久保圭太が殺された事件では、排ガスによる中毒死だったが、双方とも直接手をくだす殺し方ではない。そうなると、同一犯人の犯行という見方ができると思うのだが、その点は、どうなんだ？」

府警本部長は、今度は、赤石警部にきいた。

「確かに、同一犯人の可能性が強いと思っています」

「もう一つ、葛西信が殺された事件では殺しの方法から考えて、犯人は、女性の可能性もあるんじゃないのか？」

と、府警本部長が、いった。

「確かに、殺しに毒薬を使っている点から見て、犯人は、女性の可能性も、ありますが、該当する女性が、関係者のなかには見当たりません」

「そんなことは、ないだろう。川辺裕子、現在は白石裕子だが、彼女が、該当するんじゃないか？」

「確かに、本部長のおっしゃるとおり、川辺裕子は、葛西信とは、知り合いですが、動機が見つかりません」

と、赤石が、いった。

「君は、どう思うね？」

府警本部長が、十津川を見る。

「私も、川辺裕子が、犯人だとすると、動機がわかりません」

「今、彼女は、殺された白石幸次郎とは、別居しているんだろう？」

「そうです」

「現在は、どこに、いるのかね？」

「現在、滋賀県の、実家に帰っています」

「滋賀県の、どのあたりかね？」

「確か、琵琶湖《びわこ》の近くです」

「それなら、京都に近いし、京都に近いということは、宇治にも、近いということにならないかね？」

「もちろん、そうなります」

「今回の葛西信殺しについて、ぜひ、君に、川辺裕子の、アリバイを調べてもらいたいな。アリバイがなければ、有力な、容疑者になるだろう?」

と、府警本部長が、いった。

第五章　新たな死者

1

十津川が、東京で起きた事件について説明を続けた。

「国務大臣・白石幸次郎を殺すために使われた爆薬は、C４と呼ばれる、アメリカ軍が使っている、プラスチック爆弾だとわかりました。何者かが送ってきた京人形の体内に、そのC４と呼ばれるプラスチック爆弾が、仕かけられていたと思われるのです。問題は、どんな起爆装置が、使われたのかということでした。一般的には、目覚まし時計を利用した、時限装置が使われます。今回も目覚まし時計と思われましたが、丹念な捜査の結果、携帯電話とわかりました。私は、捜査の途中で、こちらに、きてしまったのですが、追いかけるようにして、東京から、電話がありました。問題のプラスチック爆弾の、起爆装置として、携帯電話が、使われていたのです。前にも、私は、携帯電話を使った、爆弾事件を捜査したことがありましたから、この仕かけについては、すぐに、理解できました。まず優美な京人形が、国務大臣・白石幸次郎のところに、送られてきます。それはたぶん、女性からの、贈り物だったのでしょう。白石は、自分の部屋に、その京人形を、飾っておいたのです。しかし、その、京人形の体内には、プラスチック爆弾と、起爆装置の携帯電話が、前もって、仕かけられていたのです。その携帯電話の番号は、犯人しかしりませんから、誰にも、邪魔をされる心配はありませんし、犯人は、携帯電話の電波が届くところなら、どこからでも、簡単に爆破させることができるのです。今もいったように、犯人は、まず、京人形を、白石幸次郎に送りました。白石夫妻は、夫である白石の女性関係が原因で、現在、別居状態に、なっていますから、白石は、好きな女性から送られてきた京人形を、自分のそばに置いておいたに違いありません。犯人は、白石に、前もって、連絡をして、何月何日の何時頃、そちらに伺いたいと、伝えます。当然、その時間には、白石は、議員宿舎で、待っています。このあと、その時刻に、犯人は、京人形の体内に、仕かけておいた携帯電話の番号に電話をします。白石は、突然、そばに置いた京人形から、携帯電話の、着信音がきこえたのでびっくりして、どうなっているのかと人形に顔を近づけるに違いありません。すると、急に、着信音が、鳴りやむ。鳴りやんだ時に、爆発するように、細工をしておけば、間違いなく、白石を、殺すことが可能です。女性から送られてきた京人形の体内で、携帯電話の着信音が鳴れば、白石は顔を近づけるに違いないのです。そして爆発。今回は、こうした装置と、仕組みを使って、犯人は、白石幸次郎を、殺したと、私は、推理しています」

「容疑者は、浮かんでいるんですか？」

京都府警の赤石警部がきく。

「今のところ、第一容疑者は、妻の、白石裕子です」

「しかし、彼女は、現在、夫の、白石幸次郎と別居中なんでしょう？　夫婦関係が、すでに壊れているのに、わざわざ、夫を、殺したりするでしょうか？」

と、赤石が、いった。

「確かに、そういう考えもありますが、別居の理由が、夫・白石幸次郎の派手な女性関係にあるとすると、別居中とはいえ、妻の裕子は、夫の女性関係に腹を立てて、殺したということも、考えられますし、財産を狙ったということも、考えられます」

「彼女のほかにも、容疑者はいるんですか？」

「殺された白石幸次郎の妻、裕子は、旧姓が川辺といいます。興味深いことに、こちらで殺された葛西信と、関係があったことが、われわれの調べで、はっきりしています。葛西信は、谷村有子という女優と、五年間にわたって、同棲生活を送っていましたから、男女関係が原因で、東京の事件が起きたのかもしれません。また、白石裕子は、葛西信とつき合っている時、ほかの男とも、関係を持っていたかもしれませんから、それを、調べていけば、ほかにも、容疑者が浮かんでくるのではないかと、私は、考えています」

「十津川さんの話では、携帯電話を使った起爆装置によって、京人形の体内に、組みこんでおいた、プラスチック爆弾を爆発させて、白石幸次郎を殺した。そういうことでしたね？」

「そうです」

「そうなると、犯人は、被害者のいた東京にいかなくても、この京都にいても、もっといえば、宇治にいても、白石幸次郎を、殺すことができたことになりますね？」

「そうです。だからこそ、容疑者を特定するのが、難しいと、考えるのです。何しろ、時間的なアリバイは、意味を持ちませんからね。どこにいても、白石幸次郎を、殺すことが、できたわけですから」

十津川は、携帯電話を使った爆殺とわかってから、容疑者の範囲は広がったと、考えていた。

もちろん、京都からでも、東京にいる白石幸次郎を、殺すことが可能である。いや、それだけではない。携帯電話を使いこなす若者は、人と話をしていながらも、簡単に指先で、相手の電話番号を押すことができる。

もし、犯人が、携帯電話の操作に、慣れた人間であれば、誰かと、話をしている間にでも、東京で爆発を起こさせ、人間をひとり、殺すことくらいは、簡単なことだろう。もちろん、起爆装置の知識があることが、前提だが。

2

翌日、十津川と亀井は、京都府警の赤石警部と一緒に、宇治に出かけていった。

そこに、監督や助監督、カメラマンといったスタッフ、それに「愛する目撃者」の続編に出演する俳優たちにも、集まってもらって、ここでも十津川は、東京で起きた殺人事件について説明した。

そのあとで十津川は、一枚の写真を、全員に見せることにした。

「これは、東京の犯行に使われた人形の復元写真です。ご覧になればわかるように、美しい京人形です。それも、単なる京人形ではありません。明らかに、誰かに似せて顔が作られています。もしかして、女優の誰かに、似せて、作られたのではないかと思うのですが、皆さんが見て、この京人形のモデルは誰だと思いますか？　思いつく女優がいたら、その人の名前を、教えてもらいたいのですよ」

と、十津川は、いった。

監督やカメラマン、あるいは、俳優たちのなかから、期せずして、ひとりの女優の名前が、挙がった。

それは、中原明日香《なかはらあすか》という、名前だった。

最初のうち、十津川は、その名前と、女優の顔とが結びつかなかったが、監督が、何本かのドラマの名前を口にしてくれたので、女優の顔と中原明日香という名前が、やっと結びついた。

確か、年齢は三十五、六歳だったろう。美人女優で有名だった。

「確かに、この京人形の顔は、中原明日香に似ていると思いますが、中原明日香でしたら、最近、亡くなっていますよ」

と、監督が、いった。

監督の言葉で、十津川は、東京の渋谷区宇田川町《うだがわちょう》の自宅で、女優が亡くなったのを思い出した。確か、あれは、自殺だったはずである。

殺人ではなく自殺だったので、十津川は自然に忘れてしまっていたのである。

あの女優が、中原明日香という名前だったのか。

「この京人形の顔は、半年くらい前に自殺した、中原明日香という女優さんに、本当に、似ていますか？」

十津川が、きいた。

「ええ、似ていますね。彼女の顔の特徴をよく掴んでいますよ」

と、監督が、答えると、その場にいた全員が、納得した顔で、うなずいた。

「そうすると、今回、殺された白石幸次郎さんは、女優の中原明日香さんが好きだったということに、なってきますが、そうだったんでしょうか？」

十津川が、その場にいた人たちの顔を見回した。

「そうかも、しれませんね。以前、二人が、親しいという噂を、きいたことがありますから」

と、いったのは、河合プロデューサーだった。

「その話、もう少し詳しく教えてください」

十津川が、頼んだ。

「前に、中原明日香を、使って、映画を作ったことがあるんですよ。その撮影の時に、彼女から直接きいたんですが『今、ある政治家の先生と、つき合っている』といっていました。その時、彼女は、白石幸次郎という名前こそ、いいませんでしたが、話の内容から、白石幸次郎だろうと、察しがつきました」

「それが本当なら、白石幸次郎という国務大臣は、かなりの、女好きですね。女優が好きといったほうが、いいですかね。何しろ、中原明日香という美人女優とつき合っていたのに、川辺裕子という女性と、結婚した。その川辺裕子も、白石幸次郎の、乱れた女性関係に我慢ができなくて、現在、別居しているわけですからね」

と、亀井が、いった。

実はここにくる前、十津川と亀井は、白石裕子の滋賀県の実家にいって、裕子に話を、きいてきた。その結果、裕子には、まったく疑わしい点がないことが、わかった。

「もう少し、中原明日香という女優についてしりたいのですが」

十津川が、いうと、河合プロデューサーが、ここだけの話とことわって、

「半年ほど前に、彼女は、自宅で、自殺してしまったんですが、確か三十五歳でしたかね？　新人の頃は、あまり、売れなかった。とにかく、彼女は美人でしたから、デビューしたばかりの若い頃は、そのため演技のへたさが、よけいに、目立ってしまったんじゃないですかね。それが、三十歳になってから、急に売れ出しましてね。演技もうまくなってきて、その上、美人だから、一度火がつくと、人気が、出るのも早かったですよ」

「彼女は、もてましたか？」

「ええ、美人でしたから、女優としての人気がなくても若い頃からよくもてていましたが、売れるようになってからも、もちろんもてていましたよ。どういうわけか、彼女は、同業の俳優には、興味を示さなくて、白石幸次郎さんのような、政治家とか、実業家ばかりとつき合っていたみたいですね」

「結婚は、してなかったんじゃありませんか？」

「そうですね。正式な結婚は、していませんでしたが、たいてい、男のほうから、彼女に惚れていましたね。ただ、今もいったように、政治家とか、実業家とかが、相手ですから、ほとんどすでに結婚していて、奥さんのいる人ばかりでした。それで時々、騒動を起こしていましたよ」

「なるほど。そういう、トラブルが原因で、中原明日香は、自殺してしまったのかもしれませんね」

と、亀井が、いった。

「彼女は、どこの、プロダクションに入っていたんですか？」

と、十津川が、きき、河合プロデューサーが、東京のプロダクションの名前を教えてくれると、亀井を京都に残して、十津川は、慌ただしく、東京に引き返した。

3

東京に戻り、十津川が訪ねていったのは、四谷にある、オフィス遠藤《えんどう》という、芸能プロダクションだった。

さして、大きなプロダクションではない。したがって、所属している、俳優のなかでは、中原明日香は、一番の、大物だったといえそうである。

十津川は、社長の遠藤五郎《ごろう》に会った。五十代の遠藤自身も、以前は、俳優をやっていたが、十数年前に引退し、今は、社長業に、徹しているのだという。俳優をやっていたというだけあって、なかなかの、二枚目である。

十津川は、社長の遠藤に問題の京人形の写真を見せた。

「この京人形の顔が、中原明日香さんに似ているという人が多いんですが、社長さんが、ご覧になっても、似ていると、思いますか？」

その写真を見ると、遠藤は、笑って、

「確かに、この京人形のモデルは、中原明日香ですね」

と、いい、続けて、

「しかし、こんなものを、誰が、作ったんですかね？　中原本人は、もう、亡くなってしまっているし、彼女自身は、こういう人形を作るのは、あまり好きじゃなかったのに」

「本当に、本人が、作らせた人形では、ないんですか？」

「今も申しあげたように、中原明日香自身、こういうことが、好きじゃなかったんですよ」

だとすると、いったい誰が、何のために、中原明日香に似たこの京人形を、作ったのだろうか？

「その中原さんですが、大変人気があって、よくもてたといわれますが、彼女自身は、同業の俳優を相手にせず、政治家とか、実業家とかと、親しくしていたそうですね？」

十津川が、きいた。

「そうですよ。ちょっと、珍しい女優でしたね」

「先日亡くなった、国務大臣の白石幸次郎さんとも、関係があったといわれていますが、遠藤さんは、このことで何か、ご存じですか？」

「それは本当の話ですよ。白石幸次郎さんとの関係についていえば、白石さんのほうが中原明日香に、夢中になってしまって、しきりに電話やメールで、中原明日香に連絡し、プレゼントをしているのを、私も、きいていたし、よく、しっています」

と、遠藤が、いった。

「白石幸次郎さんは、同時にほかの女性ともつき合っていたようですが、中原さん以外の女性というと、あとに奥さんになる旧姓・川辺裕子さんのことじゃありませんか？」

「いや、それは、違いますね。確かに、白石幸次郎さんは、川辺裕子さんと、結婚しましたが、私がきいた女性は、違う名前でしたよ。何ていったっけかな？」

「その名前をしりたいのですが」

「申しわけありませんが、ちょっと、思い出せませんね。亡くなった中原明日香から、その女優の名前を、きいたことがあったのですが」

「そうすると、白石幸次郎さんを挟んで、中原明日香さんと、その女優との、三角関係のようなものがあったんですか？」

「さあ、どうでしょう？　私にも、そこまではわかりません」

「白石幸次郎さんは、今わかっているだけでも、三人の女性と、同時につき合っていたことになりますね。中原明日香さん、結婚した川辺裕子さん、そして、名前はわからないが、中原明日香さんと同じ時期につき合っていた女優、この三人ということに、なるのですが」

「そうですね、三人のなかで、白石幸次郎さんは、最初から、結婚をするつもりで、結婚した、川辺裕子さんと、つき合ったんではないでしょうか？　ところが、白石幸次郎さんは、川辺裕子さんとは、結婚するつもりはなかったのに、何かがあって、結婚してしまった。そんな感じがしますね」

「何かあってというのは、例えば、どんなことですか？」

「例えば、白石幸次郎さんが、国務大臣になる時期に、女性問題が、命取りになった。せっかく巡ってきた大臣の椅子が、遠のいてしまうかもしれない。そこで、三人のなかの、川辺裕子さんと正式に、結婚することにしたのではないか。政治家というのは、大臣の椅子のためにはどんなことでもしますからね。女好きであっても、大臣の椅子と女を比べたら、間違いなく、大臣の椅子のほうを、取りますよ」

と、遠藤が、いった。

「中原明日香さんは、半年ほど前に、自殺していますが、このことについて、遠藤さんは、どう、思われますか？」

十津川が、きいた。

「今でも、私は、中原明日香が自殺したとは、思えないのですよ」

「どうしてですか？」

「まず、自殺しなければならない理由が、ありません。女優としても、順風満《じゅんぷうまん》帆《ぱん》で、仕事も次々に、舞いこんできていて、彼女自身仕事を楽しんで、いましたからね。白石幸次郎さんとの関係にしても、夢中になっていたのは、白石幸次郎さんのほうでしたからね。彼女が、自ら、命を絶たなくてはならない理由は、どこにも、ないんです。ですから、私には、彼女が、自殺をしたとは、どうしても、思えないのです」

「自殺ではないとすると、事故死でしょうか？　それとも、誰かに殺された？」

「はっきりいって、私は、殺されたのだと、思っています」

遠藤は、そのあと、間を置いて、

「殺人だとしたら、犯人は女性だと思いますね。今は、名前を思い出せない女優、白石さんの奥さんの裕子さん、この二人のうちのどちらかと思いますね」

「犯人が、白石幸次郎さんだということも、考えられるわけでしょう？　いつもは、女のほうが惚れるのに、中原明日香さんの場合は、逆なので、頭にきたということは考えられませんか？」

「白石幸次郎さんが、犯人ならば、そういうことも考えられますが——」

「白石幸次郎さんが、今回、殺されてしまいましたが、こうなると、中原明日香さんが殺されたとすると、どう思いますか？」

「白石幸次郎さんが、疑わしくなりますね」

「動機はやはり、大臣の、椅子でしょうね。動機は、どう考えますか？」

最近、政治家のスキャンダルには、人々の目が、厳しくなりましたからね。つき合っていた女性との関係を、清算したんですよ。白石幸次郎さんも慌てて今まで題にならないので、それ以外の女性関係を、清算したんです。正式な妻の裕子さんは、問題にならないので、それ以外の女性関係を、清算したんです。白石さんと関係のあった女性は、あと、二人いるわけですが、たぶん、中原明日香のほうが派手で、芸能マスコミに、狙われたりしていましたから、そちらのほうを、片づければ、大臣の椅子は、安泰だろうと、考えたんじゃありませんか？」

「自殺と断定されてしまった中原明日香さんですが、今、彼女の家は、どうなっているんですか？」

「確か、親戚の女性が、住んでいるはずですよ。中原明日香が死んでから、そのままになっているようです」

「これから、その家に、いってみたいのですが、確か、渋谷の、宇田川町でしたね？　地図を描いて、いただけませんか？」

十津川が、いうと、遠藤は、あっさりと、

「いや、私が、ご案内しますよ」

と、いった。

4

遠藤は、自分の運転する車で、十津川を案内してくれた。

渋谷区宇田川町のその家は、敷地面積百二十坪、建坪、一階二階合わせて、六十五坪くらいの目立つ建物だが、これでも東京では、豪邸と呼ぶのだろうか？

ベルを押すと、中原明日香の、遠い親戚だという三十五、六歳の女性が、玄関を開けてくれた。

二人は、なかに入り、十津川が、警察手帳を見せて、

「半年ほど前に、この家で、中原さんが亡くなって、警察はその時、自殺だと、断定しました。どうにも、納得できないので、この家の一階と二階を調べてみたいのです。それで、申しわけありませんが、ご協力いただけませんか？」

その女性が、十津川の申し出を、快諾してくれたので、十津川は、プロダクション社長の遠藤と二人で、一階から二階にかけて、部屋のなかを綿密に調べてい

った。

遠藤は、十津川を、二階にある寝室に案内してから、事件当時のことを話してくれた。

「この寝室で、中原明日香は、ガス自殺をしていたんです。ナイトガウンを着て、ベッドに横になったまま、亡くなっていましたから、一見すると、確かに、自殺の感じでしたね。何回でもいいますが、彼女には、自殺するような理由が、何一つ、なかったんですよ」

「さっきも、そういわれましたね」

「仕事も順調、病気でもなかった。男性関係は、割り切ってつき合っていたから、男性問題で悩んで、自殺をするような、女性じゃありません」

「それで、遠藤さんは、自殺ではない。誰かに殺されたと、今でも、思っているわけですね？」

「そうです。あれは、殺しだと、今も考えていますよ」

「理由は、自殺する動機がないということのほかに、何か、ありますか？」

「中原明日香の死体は、大学病院で、司法解剖されたんですが、体内から、睡眠薬の成分が検出されたそうです。しかし、警察は、睡眠薬を飲んでから、ガス自殺をする人間もいるといって、簡単に、自殺と、断定してしまいました。私は、あの日の夜、誰かが訪ねてきて、中原明日香に、睡眠薬を、飲ませた。そのあとで、寝室に、ガスのホースを引いてきて、ガス栓を開いた。そう思っているんです」

「中原さんというのは、強い性格の女性ですか？」

「ひと言でいえば、きつい、性格ですよ。それじゃなければ、芸能界で、成功することはできませんからね」

「性格がきついとすると、自然に、芸能界に敵を作っていたんじゃありませんか？」

十津川が、いうと、遠藤が、また笑った。

「芸能界では、他人をまったく傷つけずに、人気者になっていくというのは、難しいですよ。競争社会ですからね。それも、かなり、シビアな競争です。遠慮していたら、自分が、やりたい役は、いつまで経っても、回ってきません。だから、どうしても、役を取るために競争になってしまう。ライバルを、傷つけてしまう。そんなことは、この世界では、しょっちゅうですよ。誰かに傷つけられたからといって、いちいち気にして、落ちこんでいたら、この世界では、到底生きていけません。だから、なおのこと、中原明日香は、殺されたに違いないと、私は、思っているんです」

「中原さんは、この家に、ひとりで、住んでいたんですか？」

「そうです。ただ、中原明日香は、食事を作るのが好きじゃなかったので、一週間に何回かは、お手伝いさんにきてもらっていたことは、私も、しっていました。でも、あの夜は、お手伝いさんは、いなかった。朝、いつもの時間に、お手伝いさんがいくと、中原明日香が、今日は、すぐ、帰っていい。そういって、午前中に、お手伝いさんを、帰したそうです。殺人なら、犯人は、その日を狙ったに違いありません。お手伝いさんがいたら、睡眠薬を飲ませたり、ガス栓を開けたりするようなことは、できませんからね」

と、遠藤が、いった。

このあと、十津川は、遠藤社長と一緒に、もし、中原明日香の死が、他殺ならば、犯人を特定できるようなものがないかどうか、それを捜して、一階と二階を、何度もあがったり、おりたりした。

「事件を、警察にしらせたのは、誰ですか？」

と、十津川が、きいた。

「翌朝、いつものようにやってきたお手伝いさんです。そのお手伝いさんに、中原明日香は、鍵を渡していたのです。お手伝いさんは、その鍵で、家のなかに入ってから、中原明日香が死んでいるのに気がついて、一一〇番したんです」

「そのお手伝いさんに、会いたいのですが、名前などわかりますか？」

十津川が、いうと、遠藤は、ポケットから手帳を取り出して、ページを繰っていたが、

「名前、わかりますよ。住所もわかりますから、これから、会いにいってみますか？」

と、いった。

遠藤が案内してくれたのは、新宿の西口にある、人材派遣会社だった。

中原明日香は、そこで、浜野由美子《はまのゆみこ》という四十五歳の、家政婦を見つけて、きてもらうことにしたのだという。一週間に三日、その三日間は、朝昼晩の、食事を作ってもらい、部屋の清掃も、依頼していた。

浜野由美子という女性に、二人は会って、話をきいた。

「あの時は、本当に、驚きました。朝、いつもの時間に、お屋敷にいって、鍵で玄関を開けたら、ガスの臭いが、したんです。それで慌てて、窓という窓を開け

て、空気の入れ替えをしながら、家のなかを見て回ったら、二階の寝室で、中原さんが、ベッドに横たわったまま、もう、息をしていませんでした」

と、由美子が、いった。

「それで、一一九番ではなく、すぐ一一〇番したわけですね？」

十津川が、きく。

「ええ、すぐ一一〇番しました」

「そうしたら、警察が、やってきて、いろいろと調べた。そのあと、警察は、自殺と断定したんですね？」

「そうです」

「あなたは、どのくらい、中原明日香のところで、働いていたんですか？」

遠藤が、きいた。

「一年近くです」

「警察がやってきて、あなたも、いろいろときかれたんじゃありませんか？」

「最初は、警察も自殺か、他殺かがわからなくて、両方の線で、調べていました。だから、私も、疑われました。何しろ、あの家の鍵を預かっていましたし、死体の第一発見者でしたから」

「住んでいたのが、中原明日香という、売れっ子の女優さんだったから、やることが多くて、いろいろと、忙しかったんじゃありませんか？」

十津川が、きいた。

「そうですね、一週間に一回は必ず、中原さんは、お友だちを呼んで、パーティをやっていましたよ。そんな時には、私も朝からお手伝いしなくてはならなくて、後片付けもあるので、夜遅くまで、働きました」

「あの家に、誰か、怪しい人間が、訪ねてきたことは、ありませんか？」

「怪しいって、どんな人間のことですか？」

「ストーカーみたいに、中原明日香さんが怖がるような人間ですよ」

「ストーカーのことはわかりませんが、パーティを開くときには、芸能人がたくさん集まって、大変でした」

由美子が、笑った。

「ストーカーじゃなくても無言電話なんか、かかってきていたんじゃありませんか？」

「そうですね、中原さんが、電話に出て、怒っているのを、見たことがあります。あれはたぶん、無言電話か、悪戯電話だったんでしょうね」

「変な電話が、かかってくることを、中原さんは、怖がっていましたか？」

「いいえ、そんなことは、ありません。中原さんという方は、とても、気の強い人でしたから、無言電話や悪戯電話くらいでは、怒りはしても、怖がったりは、していませんでした」

由美子がいう。

「あの家で、働いていて、何か、記憶に残っていることはありませんか？　いいことでも、悪いことでも、いいのですが」

十津川がきく。

「そうですね」

と、由美子は、首をかしげて考えている様子だったが、

「いつだったか、何かの時に、こんなことをおっしゃっていました。女の焼きもちって、怖いわねって、中原さんが、私に、いったんです」

「それは、いつ頃の、ことですか？」

「中原明日香さんが、亡くなる直前です。確か、数日前だったと、思います」

「もう一度確認しますが、あなたに向かって、明日香さんは、女の焼きもちって、怖いわねと、いったんですね？」

「はい」

「その相手は、女優さんだと、思いましたか？　それとも、一般の女性だと、思いましたか？」

遠藤が、きいた。

「あの時、中原さんがおっしゃったのは、女優さんのことだと、思います」

「あなたは、どうして、そう、断定できるんですか？」

「あの家は、芸能関係の人たちが集まるところで、一般の人がきたことは、ほとんどないんですよ。ですから、直感的に、そう思ったんです」

十津川は、中原明日香という女優について、さらに、徹底的に調べてみることにした。

理由は、いくつもあった。

その一つが、今まで、一連の事件を調べてきたなかで、突然出てきた名前だということがある。

もう一つは、今回、爆殺された、白石幸次郎と、中原明日香の関係である。

問題の京人形は、明らかに、中原明日香という女優をモデルにして、作られている。

その京人形の体内には、プラスチック爆弾と携帯電話を使った起爆装置が、入っていた。

もちろん、白石幸次郎は、その京人形が、そんな、危険な代物だとは、夢にも、思っていなかっただろう。だからこそ、その京人形を、自分のそばに置いておいたのだ。

ということは、白石幸次郎という男は、中原明日香という女優に、好意を持っていたことになる。

しかし、中原明日香は、すでに半年も前に死んでいるのである。所轄の警察署によって、自殺と、断定されているのである。

そんな、中原明日香そっくりの京人形を、白石幸次郎は、なぜ自分の部屋に大事に置いておいたのだろうか？

十津川は、この二つの疑問に、答えを、見出《みいだ》そうと考えた。

まず、第一の、疑問である。

今までに、殺された被害者たち、谷村有子、大久保圭太、葛西信は、みなテレビドラマ「愛する目撃者」と、関係のある男女である。

しかし、中原明日香という女優は、このドラマには、出演していないし、何の関係もないのだ。

このドラマの、プロデューサーや監督、あるいは、助監督にきいても、中原明日香という女優に、このドラマへの出演を、依頼したことはないという答えが、返ってきた。

次は、どういう女優だったか、ということになる。

十津川は、帰京した亀井と、この女優と関係のあった人たちに、話をきいて回ることにした。

最初に二人は、島村高志《しまむらたかし》という四十歳のマネージャーに会って、話をきいた。

島村高志は、八年間、中原明日香のマネージャーをやっていた。

「とにかく、若い時から、美人でしたよ」

と、島村が、いう。

「若い頃から、演技もうまかったんですが、美人のせいで、なぜか、演技は、うまくないと、いわれてきました。それが、ここにきて、演技もうまい美人女優、といわれるようになっていました」

「政治家や実業家に、とても、人気があったそうですね？」

十津川が、きくと、島村は、笑って、

「政治家とか、会社の社長というのは、女優に対して、演技が、うまいということよりも、美人ということのほうを、重視するんですよ。ですから、十津川さんがいわれたように、そういう人たちの間では、大変な人気でしたよ」

十津川が京人形の復元写真を見せて説明すると、島村は、

「ああ、この京人形のことなら、よく覚えていますよ。確か、京都の、人形師のなかに、中原明日香に、惚れた人がいましてね。彼女をモデルにした京人形を贈りたいと、いってきたんですよ。中原明日香のファンだというので、彼女本人は渋々でしたが、承諾して、一体は、ただで、譲ってもらいました。それでは悪いと、思ったので、もう一体作ってもらって、その一体分の御礼は、しましたよ」

と、島村が、いう。

「同じ人形が、二体作られたということですね。そのうちの一体が、今回の殺人に使われた。もう一体は、どこにあるんですか？」

十津川が、きいた。

「実は、それが、わからないんですよ。白石幸次郎さんは、中原明日香の、後援会長をやってくださっていた方なので、その御礼として一体を、白石先生に、差

しあげることにしました。ですから、もう一体、あるはずなんですが、彼女が自殺したあとで、調べたら、なくなっていたんです。どうしてないのか、盗まれたのか、それとも、彼女が、誰かにあげたのか、私にも、わかりません」

「もう一度確認しますが、京都の人形師が、中原明日香さんに惚れて、ファンになり、彼女をモデルにした京人形を、二体作った。もちろん、その時には、人形には、特に不自然な様子はなかった。それで、間違いありませんね？」

「ええ、もちろん」

「そのうちの一体を、中原明日香さんの後援会長をやっている、白石幸次郎さんに、贈ったんですね？」

「はい、そうです」

「しかし、彼女が、自殺したあとに調べると、もう一体が見つからなかった」

「そうです」

「どうして、なくなったのか、わかりませんか？」

「まったく、わかりません。もしかすると、中原明日香には、誰か、好きな人がいて、その人に、あげたのではないかとも考えたんですが、該当する人間もいません」

と、島村がいう。

「半年前に、中原明日香さんは、自殺したんですよね?」

「そうです」

「自殺をするような、原因が何か、わかったんですか?」

「それが、まったく、わからなくて困っているんです。仕事も、うまくいっていましたし、人気もありました。それなのに、どうして、突然、ガス自殺なんかしてしまったのか? それがわからないのですよ。遺書も、ありませんでしたしね」

「それでは、マネージャーの、あなたから見て、どうにも納得できない死に方だったということですか?」

「そういうことに、なりますね。確かに、おかしいんですよ」

「特に、どんなところが、おかしいと思っていますか? 中原明日香さんは、美人だったから、何人もの男性との間に、いろいろと、噂があったともきいていますが」

「もちろん、噂は、ありましたよ」

「そのなかで、特に、あなたが、覚えている噂には、どんなものがありましたか？」

「そうですね、特に、派手な噂があったのは、俳優の伊地知健一《いぢちけんいち》と、歌手のジョージ伊藤《いとう》の、二人でしたね。この二人とも、週刊誌に、中原明日香との関係を、面白おかしく、書かれたことがありましたよ」

「白石幸次郎さんとは、どうなんですか？」

「白石先生は、後援会の、会長ですから、もちろん、その面での、おつき合いはありましたよ。しかし、彼女と、男女の噂が、あったということはありません。先生は、へたをすると、政治生命に影響するというので、用心していたようです」

島村が、いった。

俳優の伊地知健一、歌手のジョージ伊藤、この二人の名前を、十津川は、自分の手帳に書きつけた。

「この二人の男性との噂が大きかった？」

「そうですね。しかし、スキャンダルもある意味、勲章ですから、中原明日香もあまり気にしていませんでしたが」

「この二人が、自殺の原因に、なったということは、ありませんか？」

「そうですね、私が、マネージャーとして見ていた限り、中原明日香が、この二人とそれほど深いつき合いをしていたとは、思えませんでした。政治家や実業家しか、相手にしませんから。だから、自殺の原因とは思えません」

「確か、中原明日香さんの、自殺について、司法解剖をしたところ、体内から、睡眠薬の成分が、見つかったとききましたが、彼女は、いつも、睡眠薬を、飲んでいましたか？」

「眠れない時などに、医師の処方してくれた、睡眠薬を飲んでいたことは、しっています。しかし、それを常用していたわけじゃありません。どうしても、眠れない時だけ、飲んでいた程度です。だから、その夜、彼女が、睡眠薬を飲んでいたというのも、何となく、おかしいですね。ガス自殺というのも、釈然としません。原因がわからないのです。これでは、彼女も浮かばれませんよ」

と、島村が、いった。

5

十津川と亀井は、マネージャーの島村とわかれると、今度は、俳優の伊地知健と、歌手のジョージ伊藤に会ってみることにした。

歌手のジョージ伊藤のほうは、東南アジアでの、コンサートツアーにいってしまっていたために会えず、俳優の伊地知に、会うことにした。

伊地知とは、彼が所属しているプロダクションのある、新宿西口の超高層ビルにいき、三十八階にある喫茶店で、会うことができた。

伊地知は、中原明日香と、同じ歳である。

彼女の名前をいうと、伊地知は、

「今でも、彼女が、どうして、自殺なんかしたのか、わからないんですよ。彼女が、自殺しなければならない理由なんて、何もないんだから」

と、島村と同じことをいった。

「今でも、自殺説には納得できませんか？」

「まったくできませんね。第一、僕と彼女は、夫婦の役で、映画で共演することになっていたんです。僕も張り切っていたし、彼女も、その役に、大乗り気で、出演することを、喜んでいたんですから」

「中原明日香さんが、誰かに、殺されたと考えたことは、ありませんか？」

十津川が、きくと、伊地知は、えっという顔になり、

「彼女、殺されたんですか？」

と、きき返した。

「そうと、決まったわけじゃありません。ただ、彼女は、すでに、自殺と断定されていますが、ひょっとしたら、他殺の線も否定できないなと、思っただけです」

と、十津川が、いった。

「もし、彼女が、何者かに、殺されたとすると、思い当たるようなこととか、人間は、いますか？」

「思い当たるようなことも、人間もいませんね。ただ、中原明日香という女優は、ちょっと傲慢で、わがままなところが、ありましたから、同じ女優仲間からは、敬遠されていたんじゃないですかね？　もしかしたら、そのことが、殺人の動機に、なっているのかもしれませんよ」

伊地知は、思わせぶりに、いった。

6

十津川は、このあと、問題の人形を作ったという京都の人形師に、電話をかけた。

「亡くなった女優の、中原明日香さんのために、そちらで、彼女を、モデルにした京人形を作ったと、きいたのですが、間違いありませんか？」

「間違いありません。私は、中原明日香さんの、大ファンでしてね。それで、彼女をモデルにした京人形を作って、彼女の誕生日に、贈ったんです。マネージャーさん、確か、島村さんと、おっしゃいましたが、この方が、とても、律儀な人で、もう一体作ってほしいと、おっしゃって、その分の料金を、払っていただきました」

「その人形ですが、大きさは、どれくらいですか？」

「身長は三十センチくらい、京人形としては、ごく、普通の大きさです」

「胴の部分は、空洞になっているんですか？」

「そうです」

「その空洞のお腹《なか》の部分ですが、なかに、例えば、携帯電話のようなものを、入れることはできますか？」

「もちろん、それぐらいの、大きさのものでしたら、楽に入りますよ」

相手が、教えてくれた。

この電話のあとで、十津川は、背の高さ三十センチほどの、同じような京人形を、科捜研に、持っていった。

井上《いのうえ》という、爆発物の専門家に、その人形を渡して、

「この人形のお腹の部分は、空洞になっています。そこに、プラスチック爆弾と、携帯電話が入るかどうか、もし、入ったら、その二つを使って、時限爆弾が、お腹に入っている京人形を、作ってもらいたいのです」

二日後に、科捜研にいくと、問題の京人形は、すでに、完成していた。

手に持つと、お腹のなかに携帯電話などが入っているためか、少しばかり、普通の京人形よりも、重く感じられる。背中の部分が、開くようになっていて、なかには、Ｃ４と呼ばれる、棒状のプラスチック爆弾と、薄手の、携帯電話が入っていて、その二つが、リード線で繋がっていた。

「これで、携帯電話が鳴ると、プラスチック爆弾が、爆発するようになっていま

すか？」

十津川がきくと、相手は、笑って、

「一応、携帯電話が鳴って、鳴り終わると、ドカンと爆発するように、セットしました」

第六章　終点は宇治駅

1

連続テレビドラマ「続・愛する目撃者」のシナリオが、できあがった。視聴率のよかった「愛する目撃者」の続編ということで、舞台は、前作と同じように、京阪宇治線の沿線ということになったが、若い二人の男女が、宇治線の沿線で、事件に巻きこまれるというストーリーは、今回は、主役級の女優が、宇治線の車内で事件に巻きこまれるというストーリーに、変わった。

主役は、新藤美由紀である。

前作につづいて新藤美由紀を「続・愛する目撃者」のヒロインにすることについては、誰も、文句はいわなかった。というのも、今、人気の高い女優だし、彼女が主役をやれば、ある程度の視聴率が、期待できるという計算ができたからである。

今回の新藤美由紀の役柄は、三十代の独身女性である。宇治に住み、京阪宇治線で京都のデパートに通っている外商部の女性部長である。

そのシナリオの決定稿が、十津川のところにも送られてきた。

依然として、殺人事件の捜査は、壁にぶつかったまま犯人が逮捕できないでいる。

「続・愛する目撃者」のシナリオを送るから、参考にしてくれという皮肉かもしれなかったし、前と同じように、京阪宇治線を舞台にしたドラマなので、今度は、殺人事件が起こらないように、警備を、きちんとしてくれという、依頼なのかもしれなかった。

十津川と亀井が、送られてきたシナリオに、目を通していると、十津川の携帯電話が、鳴った。

電話をしてきたのは、中原明日香が所属していた、芸能プロダクションオフィス遠藤の遠藤社長だった。

「前にお会いした時は、肝心の、女優の名前が思い出せなくて、失礼いたしました」

と、遠藤がいう。

「ああ、殺された、白石幸次郎をめぐる、女性の件ですね？　名前を思い出されたんですか？」

「そうです」

「それで、中原明日香さんのほかに、誰が、白石幸次郎と関係があったんですか？」

「新藤美由紀ですよ。昨日『続・愛する目撃者』のシナリオの決定稿が、うちの事務所にも、送られてきましてね。それを見ていたら、ヒロインの役に、新藤美由紀が、配役されていました。それで、忘れていた名前は、新藤美由紀だったと、思い出したんですよ。捜査の参考には、ならないかもしれませんが、念のために、十津川さんには、おしらせしておこうと思いまして」

その電話を、切ってから、十津川は最初、先日会った遠藤社長からの電話かというぐらいにしか、思わなかったのだが、しばらくすると、少しずつ難しい顔になっていった。

それを見ていた亀井が、

「何か、大事な電話でしたか？」

「それが、わからなくて困っているんだ」

と、十津川は、正直に、いった。

十津川は、亀井に、遠藤社長が電話で名前を伝えてきた、新藤美由紀のことを話した。

「しかし、どうして、警部は、新藤美由紀という名前に、ひっかかるんですか？」

と、亀井が、きく。

「今回、われわれが、京都府警との合同捜査で調べているのは、連続殺人事件だ。最初に、京阪宇治線の沿線で、谷村有子という売れない女優と、テレビドラマの撮影スタッフ、大久保圭太が、殺された。次には、国務大臣の白石幸次郎が殺され、それから間もなく谷村有子と五年間も同棲していた葛西信という俳優が殺された。私は、これは、すべて関係している連続殺人事件だと思っている」

「私も同じです。一見すると、殺された人たちは、ばらばらですが、犯人が企《たくら》んだ、連続殺人だと思えてなりません。ただ、動機がわかりませんし、まだ続いているのだとしたら、次に、誰が狙われるのかも、わかりません」

「捜査を続けてはいるんだが、いっこうに容疑者が、浮かんでこない。そんな時に、突然、中原明日香という女優の名前が、飛び出してきた。ところが、その中原明日香が、一連の殺人事件にどう絡んでいるのか、まったくわからないんだ。彼女は半年も前に死んでいるのだから、簡単にいえば、関係がないと、いえるんだが、なぜか、そうは思えない。そして今度は、新藤美由紀だよ。こちらのほうは、テレビドラマの『愛する目撃者』に出ている主役女優だから、まったく無関係とはいえないが、彼女が、今まで、容疑者として浮かんできたことは、一度もないんだ」

「そうですね。中原明日香についていえば、殺されたのではなくて、自殺と断定されていましたが、自殺なら連続殺人事件との関連は、まったくないし、もし、あるとすれば、国務大臣、白石幸次郎との、関係だけでしょう」

「新藤美由紀も、同じような立場にいるんだ。彼女には、谷村有子、葛西信、それから、大久保圭太を殺す、動機がない。関係があると、考えられるのは、中原明日香と同じで、白石幸次郎との関係だけなんだ」

「そうすると、白石幸次郎を挟んで、中原明日香と、新藤美由紀の三角関係ということに、なるんでしょうか？　そうなると、連続殺人事件とは、別の事件ということに、なってしまいますね」

「そうなんだがね」

十津川が、宙を、睨んだ。

「中原明日香も新藤美由紀も、今、カメさんがいった、白石幸次郎との、三角関係と考えると、連続殺人とは関係がなくなってくる。ただこの二人の女性も、連続殺人事件の、輪のなかにいるんじゃないか？　そんな気も、してくるんだ。もし、そうだとしたら、われわれの考えを、百八十度、転換しなければ、ならなくなる」

と、十津川が、いった。

2

十津川と亀井は、コーヒーを、飲みながら、改めて、今回の殺人事件を、じっくり考え直してみることにした。

二人はまず、新藤美由紀と、今回の連続殺人事件との関係を、考えてみた。

「女優としての、新藤美由紀を考えると、今までに殺された、谷村有子、葛西信、それに、撮影スタッフの大久保圭太の三人とは、ギャップがありすぎるんだよ。死んだ三人よりも、はるかに有名だし、美人で、収入も多い。人気だって高い。まるで、別世界の人間なんだ」

「確かに、谷村有子や、葛西信といった、その他大勢の俳優とは比べものにはなりませんね。警部がいわれたように、住んでいる世界が違う感じです」

と、亀井は、いってから、

「ただ、谷村有子とは、関係が、あったのではありませんか？　確か、新藤美由紀が、落とした運転免許証でしたね。谷村有子がそれを拾って、たまたま、本名が似ていたので、谷村有子は、そのまま、新藤美由紀の運転免許証を、使った。結局、それがばれて、警察に捕まって新藤美由紀に謝ったんでしたよね？」

「そうなんだ。ただ、新藤美由紀は、そのことで、別に、怒りはしなかった。新藤美由紀は、自分の落とした、運転免許証が勝手に使われてしまったことで、それほどの、損害を受けたわけじゃない」

「確かに、そうですね。谷村有子は、拾った運転免許証を、黙って使っていた。その間、新藤美由紀の損害は、車を運転できなかったので、払ったタクシー代二千五百円くらい。確かに、新藤美由紀ほどの、大女優になれば、二千五百円ぐらいのことで、腹を立てたりはしないでしょう。そうなると新藤美由紀の場合は、谷村有子や葛西信たちとの関係ではなくて、白石幸次郎をめぐる中原明日香との三角関係だと思います。その関係で、嫉妬から、白石幸次郎を殺したというほうが、まだ、リアリティがありますね」

「その点は、同感だ」

「ところで、白石幸次郎という男ですが、どうして、女優に、もてるんですかね？」

「私も不思議に思って、芸能界に、詳しい人間に、きいてみたんだが、第一に、白石幸次郎は、大変な資産家なんだ。祖父の代からの、大金持ちときいている。本人は、昔からの女優好きでね。何人かの女優の、後援会長も、引き受けている。それに、芸能関係にも、詳しいというので、女優に限らず、一般の俳優も、白石幸次郎とつき合いたがっているらしい」

「つまり、芸能人から見れば、大いに、頼りがいのある政治家ということに、なるわけですね？」

「そういうことだ。それに、もう一つ『白石物産』社長と、日本で一、二を争う、大手芸能プロダクションの会長もやっていると、最近わかった」

と、十津川が、いった。

「それで、中原明日香と、新藤美由紀という、二人の美人女優から、頼られていた。別のいい方をすれば、三角関係に、なっていたというわけですね？　そうだとすると、新藤美由紀が、白石幸次郎を、殺したとすれば、はっきりした動機が、あるわけですね？」

「そうだ」

「もう一つ、中原明日香は、今のところ自殺ということになっていますが、もし、これが、殺人なら、新藤美由紀に動機があることになりますね」

「カメさんのいうとおり、新藤美由紀には、白石幸次郎を、殺す動機がある。また、中原明日香が、自殺ではなくて、殺されたのだとすれば、彼女を殺す動機も、新藤美由紀には、ある。ところが谷村有子や、葛西信を殺す動機が、まったく、浮かんでこないんだ」

「警部は、中原明日香という女優が、自殺ではなくて、殺されたと、考えたいわけですか？」

「中原明日香の死が、殺人によるものだったら、連続殺人事件の解明が、もっと、やさしくなるような気がするからね」

「中原明日香は、半年前に死亡していますね」

十津川は、ポケットから、手帳を取り出して、ページをめくった。

「先日、所轄署で、調べてもらったら、半年前の五月九日の夜、中原明日香は、渋谷区宇田川町の、自宅で死んでいるんだ」

「五月九日に、何か、ありませんでしたかね？」

「何かというと？」

「例えば、連続殺人事件で最初の被害者は、谷村有子でしょう？　谷村有子と撮影スタッフの大久保圭太が、宇治線の沿線で殺されました。中原明日香の死と一連の事件は、発生現場こそ違えど、ほぼ同時期に起きています」

亀井が、緊張した顔で、いう。

十津川が、笑った。

「谷村有子と大久保圭太が、殺されたのも、葛西信が殺されたのも、五月九日より、あとだよ。谷村有子が死んだのは、五月九日ではなくて、五月十五日だし、葛西信が、殺されたのは、それよりもさらにあとだ」

「そうですか。それでは、結びつきませんね」

「今回の殺人事件だが、簡単には、解けない、何かがあるんだ。しかし、その何かがわかれば一気呵成《いっきかせい》に、解決するだろうと思っている」

「私もそんな気がしています」

「それでは、もう一度、中原明日香と、新藤美由紀の二人と、連続殺人事件の被害者が、どう関係しているかを、考えてみようじゃないか。まず、中原明日香だ。中原明日香と、谷村有子、葛西信の二人とが、どういう、繋がりを持っているのか？」

「三人とも、俳優というか芸能人ですが、谷村有子と葛西信の二人と、中原明日香とでは、人気の点でも収入の面でも、かけ離れています」

「もうひとりの、新藤美由紀と、谷村有子、葛西信の二人の関係も、似たようなものか？」

「そうですね。同じように人気もまったく違うし、収入だって、かけ離れています。この三人の間にはそうした面での共通点はありません」

「確かに、そのとおりだが、どこかに、この四人を結びつける接点が、あるはずなんだ」

と、十津川が、いった。

だがそれが見つからず、十津川も亀井も、考えこんでしまって、言葉が出なくなった。その沈黙を破って、亀井が、

「警部、谷村有子と、新藤美由紀の間には、たった一つだけですが、二人を、繋ぐものがありますよ。いや、ありましたよ」

「さっきも話した、谷村有子が、新藤美由紀の落とした運転免許証を拾って、それを、勝手に使っていた。カメさんがいいたいのは、そのことだろう？　確かに、その点では、繋がりがある。しかし、このことでは、谷村有子が謝って、新藤美由紀が、許してそれで終わっているんだ。宇治の事件とも関係はない」

と、十津川が、いった。

「そのとおりですが、私が気になるのは、気位が高いといわれる新藤美由紀が、この、運転免許証の件では、谷村有子のことを、まったく怒らなかったということなんです。新藤美由紀は、なぜ、怒らなかったのか？　なぜ、簡単に、許してしまったんでしょうか？」

「それは、たぶん、金額のせいじゃないかね。新藤美由紀が運転免許証を、落とし、それを谷村有子に持ち去られたことによる損害は、わずか……、いくらだったかな？」

「二千五百円です」

「そうだ、二千五百円だ。そんなわずかな損害で、もし、怒ったら、人間が小さいと笑われてしまう。だから、新藤美由紀は怒らずに、谷村有子のことを、笑って許したんだ。今もいったように、彼女が優しかったからではなくて、たぶん、見栄だろう」

と、十津川が、いった。

「それだけですか？」

「ああ、それだけだよ。それで、運転免許証の件は、終わりだ」

また二人とも、考えこんでしまった。

すでに、四人の男女が、殺されている。

谷村有子、撮影スタッフの大久保圭太、葛西信、そして、白石幸次郎、この四人が、次々に殺されている。

それなのに、十津川たちは、まだ容疑者を見つけられずに、いるのである。

もし、次にまた、誰かが殺されたら、それこそ、警察の威信に傷がつくだろう。だから、何としてでも打開の道を、見つけ出したいのである。

十津川は、ポケットから、自分の運転免許証を、取り出して、机の上に置いた。

それを見ながら、十津川は、必死に考えた。

新藤美由紀が、自分の運転免許証を落とし、谷村有子が、それを拾った。谷村有子は、それをすぐには、返さなかった。

新藤美由紀の運転免許証に記されている本名は、たまたま、谷村有子とよく似た名前だった。しかも、その時、谷村有子は、違反がいくつか重なっていて、免許停止処分を、受けていた。

そこで、谷村有子は、ついそれを、自分の運転免許証として、持ち帰ってしまったのである。

そのあと、警察に捕まり、谷村有子は、新藤美由紀に、謝罪し、新藤美由紀のほうは、笑って、許している。

それは、損害額でいえば二千五百円ほどにすぎなかったからだとも考えられた。

その後、一時間近く、二人の沈黙が、続いた。

十津川が、気がつくと、亀井は、考えるのに疲れたのか、眠ってしまっている。

「そうか！」

突然、十津川は、大きな声を出した。

「やっぱり、運転免許証だよ」

3

「カメさん、やっぱり、運転免許証なんだ。今回の、連続殺人事件の根底にあるのは、運転免許証なんだ」

と、十津川が、いった。

亀井は、目をこすりながら、

「しかし、運転免許証といえば、新藤美由紀が落とした運転免許証で、谷村有子が、拾ったものでしょう？」

「もちろん、そうだ」

「しかし、運転免許証は、しょせん、運転免許証じゃありませんか？　凶器には、なりませんよ」

「もちろん、そんなことは、わかっている。大事なのはね、場所なんだよ。場所！」

また、十津川が、大声を出した。

「場所って、何ですか？」

「新藤美由紀が、運転免許証を、落とした場所だよ。谷村有子が、その運転免許証を拾った場所なんだ。そして、拾った時間も関係してくる」

「警部のいっていることが、いま一つ、ピンと、きませんが」

「いいかい、カメさん。新藤美由紀は、自分の運転免許証を、落としてしまった。それを、谷村有子が拾った。問題は、いつ、どこでということなんだよ。それだけいえば、わかるだろう？」

「申しわけありませんが、まだわかりません」

「いいか、半年前の、五月九日に、中原明日香は死んだ。遺書はなかったが、それでも地元の警察は、中原明日香の死を、自殺と断定した。その日に、新藤美由紀は、自分の運転免許証を落とし、それを、谷村有子に拾われてしまった。もちろんそれだけならば、別に、どうということはない。しかし、そうじゃなかった。新藤美由紀が運転免許証を落とし、谷村有子が、それを拾った場所が、渋谷区宇田川町だったら、どうなる？」

「渋谷区宇田川町ですか？」

「ああ、そうだ」

「中原明日香の住所は、確か、渋谷区の宇田川町でしたね」

「新藤美由紀の運転免許証が、もし、渋谷区宇田川町に、落ちていて、それが拾われたとしたらどうだ？　中原明日香の死は、地元の警察が自殺だと、断定した。しかし、最初から、自殺と断定したわけじゃない。自殺と他殺の両面から、調べているはずだ。中原明日香を殺す動機を持っていた人間のなかに、新藤美由紀がいたとしたら。二人の女性は、白石幸次郎を挟んで三角関係にあったから、動機が出てくるわけだよ。新藤美由紀が、その日は、例えば、沖縄《おきなわ》に、いっていたと証言したとしよう。沖縄でなくても、九州でも、北海道《ほっかいどう》でもいい。しかし、新藤美由紀は、自分の運転免許証を、渋谷区宇田川町で、落としてしまっているんだ。中原明日香の家のそばだ。そうなると、アリバイは、成立しなくなる。アリバイがないも同然になってくる」

「なるほど。もし、運転免許証を落とした日が、五月九日なら、新藤美由紀には、中原明日香殺しについてのそんなアリバイは崩れることになりますね？」

「そうだ。その、運転免許証を、谷村有子が、拾ってしまった。その上、谷村有子が、それを自分のものとして、持ち帰ってしまっていたことに、警察も、マスコミも、新藤美由紀本人も気づかなかった。そして、谷村有子が、その運転免許証の不正使用で、捕まってしまった時には、すでに、かなりの時間が経ってしまった。所轄署が、中原明日香の死を、自殺と断定してしまったあとなんだよ。それで、新藤美由紀が申し立てた、でたらめな、アリバイが、通ってしまった。しかし、その運転免許証が、五月九日の夜、渋谷区宇田川町の、中原明日香の家の近くに、落ちていたことがわかれば、たぶん、捜査の結果、新藤美由紀が、逮捕されていたに違いないんだ」

「確かに、それは、あり得ますね」

亀井が、目を輝かせた。

「これが、連続殺人事件の、始まりなんだ」

と、十津川が、いった。

4

十津川が、続けた。

「新藤美由紀は半年前頃まで、白石幸次郎、中原明日香との、三角関係にあった。新藤美由紀は、そのことに、我慢がならなかったのかもしれない。自分は中原明日香と、ともに美人女優で、人気も同じくらいある。それなのに、白石幸次郎の愛情は、自分よりも、中原明日香のほうに傾いている。そのことが、気位の高い新藤美由紀には我慢ができなくて、五月九日、渋谷区宇田川町にある、中原明日香の家に、訪ねていった。『白石幸次郎さんのことで、二人だけで話したい』おそらく、新藤美由紀は、中原明日香に、そんなことをいったんだろう。だから、中原明日香は、この日、お手伝いの女性を早く、帰らせている。新藤美由紀は訪ねると、中原明日香に、まず、睡眠薬の入ったコーヒーか、ビールを、飲ませた。そのあとで、眠ってしまった、中原明日香をベッドに寝かせてから、ガス栓を開けた。これで、おそらく、中原明日香は、死んでしまうだろう。新藤美由紀は、すぐ、逃げ出した。しかし、中原明日香の家の近くで、運転免許証を落としたことに、気がつかなかった。その運転免許証を、たまたま、通りかかった谷村有子が拾った。拾っただけではなくて、黙ってそれを、不正に使用した。本来なら、犯行現場近くに落とした運転免許証が警察に発見されて新藤美由紀は逮捕されたかもしれないのに、これで、助かってしまった。谷村有子は、中原明日香の家の近くで、新藤美由紀の、運転免許証を拾ったことを黙っていたからだ。そして、中原明日香の死は、所轄署によって、自殺と断定された。これが真相だったのではないかと、想像したんだよ」

十津川はさらに続けた。

「その一方で、新藤美由紀の脅《おび》えと、不安が続くことになった。もし、自分の運転免許証を拾った、谷村有子が、拾った日時と場所を、誰かに話してしまうと、たちまち、新藤美由紀は、中原明日香の死と関係があるのではないかと、疑われてしまうからだよ。だから、新藤美由紀は、谷村有子を殺した。ところが今度は、谷村有子が、運転免許証のことをすでに誰かに話したのではないかと、それが不安になった。彼女が誰かに話しているとすると、一番、疑わしいのは、彼女が、一緒に住んでいる葛西信ということになる。そこで、葛西信を、殺してしまおうと考えた」

「なるほど。確かに、それは考えられますね」

「葛西の前に殺された白石幸次郎についてだが、白石の口から中原明日香との三角関係を明かされるのを恐れたんだ。新藤美由紀は、そう考えたとたん、今度は、白石幸次郎が危険な人間に思えてくる。そこで、新藤美由紀は、白石幸次郎を、京人形の体内に仕こんだ爆弾で殺してしまった。これはあくまでも私の想像だが、一連の殺人事件の動機も説明がつくし、次々に殺されていった理由も納得できる。しかし、今もいうように、逮捕するだけの証拠がない」

十津川が、小さく、肩をすくめて見せた。

中原明日香の、事件について、調書は、渋谷警察署で、作られていた。

十津川は、その調書に、目を通した。

やはり最初は、自殺、他殺の両方の可能性があると考えられて、捜査が、始まっていたことが、わかる。

中原明日香の、死亡推定時刻は、半年前の五月九日の午後八時から九時の間、他殺と考えた場合の、容疑者のひとりは、新藤美由紀と書かれていた。

調書には、新藤美由紀の、アリバイ証言も載っている。

「私は、テレビで『愛する目撃者』という連続ドラマをやると、きいて、どんな役でもいいから、ぜひ、そのドラマに出たいと思った。そこで、私は、シナリオを手に入れ、ドラマの舞台となる、京都の京阪宇治線に、乗ってみたいと思った。五月九日、私は、京都にいき、何回か、京都宇治線に乗って往復した。その時の時刻が、だいたい、午後八時から十時の間である」

これが、新藤美由紀が、申し立てたアリバイである。

なお、五月九日の夜、新藤美由紀は、京都駅前の〈ホテル21〉に、夜遅く着き、一泊したあと、東京に、帰ってきている。

京都府警に依頼して、新藤美由紀が、五月九日に、本当に、京都駅前の〈ホテル21〉に、泊まったかどうかを、確認してもらったところ、前もって電話で、予約してあったが、五月九日に到着したのは、午後十一時すぎだったという。

それについて、新藤美由紀は、京都に着くとすぐ、何としてでも、京阪宇治線に乗ってみたくなって、ホテルにチェックインする前に、電車に乗ってしまい、何往復かしたあとでホテルに入ったので、そのため、午後十一時すぎに、なってしまったと証言している。

新藤美由紀の、アリバイ証言は、かなり、曖昧であるが、彼女が、渋谷区宇田川町の中原明日香の自宅にいき、彼女に睡眠薬を飲ませたあと、ガス栓を開けて逃げたという証拠はない。

また、新藤美由紀は、次のような証言もしている。

「中原明日香さんの家にいったことはない。一緒に、仕事をしたことも、最近は、なかったので、同じ芸能界にいても、会っていなくても、別に不思議ではない」

しかし、と、十津川は、考える。

警察が、中原明日香の家の、周辺を調べた時、そこに、新藤美由紀の、運転免許証が落ちていれば、間違いなく、殺人事件の容疑者として、マークしたはずである。そうなれば、自殺説よりも、他殺説のほうに、捜査方針は、傾いたのではないだろうか？

だから、たまたま、近くを谷村有子が通りかかって、その運転免許証を、拾い、本名が似ていたので、彼女が警察に届けずに、持っていたことも、新藤美由紀にとっては、幸運だったということができる。

十津川は、上司の、三上刑事部長に頼んで、すぐ捜査会議を、開いてもらった。

その会議で、十津川は、これまでに自分が考えたこと、推理したことを、説明した。

「今回の一連の事件は、京都の、京阪宇治線の沿線でおこなわれたテレビドラマ『愛する目撃者』の撮影中に、谷村有子と、大久保圭太の二人が殺されたことから、事件が、始まったと考えられていました。しかし、違うのです。今回の一連の事件の始まりは、半年前の五月九日の夜、女優の中原明日香が、渋谷区宇田川町の自宅で、殺されたことに、始まっていたのです。犯人は、女優の新藤美由紀と考えられます。中原明日香と同じように、人気のある女優です。新藤美由紀は、国務大臣、白石幸次郎をめぐって中原明日香と三角関係にありました。それにけりをつけようとして、五月九日の夜、中原明日香の家を訪ね、持参したコーヒーかビールに、睡眠薬を入れておき、それを、中原明日香に、飲ませて眠らせたあと、ガス自殺に、見せかけるために、ガス栓を開けて逃げたのです。その時に、新藤美由紀は、うっかり、運転免許証を、現場近くに落としてしまいました。本来ならば、このことが、致命傷になるはずでしたが、偶然が、新藤美由紀を、助けました。たまたま、現場近くを、谷村有子という、こちらは、売れない女優が、通りかかり、新藤美由紀の、運転免許証を拾ったからです。また、これも、偶然なのですが、新藤美由紀の本名は、谷村侑子でした。ゆうの字の『侑』と『有』が違うだけで、そのほかの字は、同じです。谷村有子は、その時免停だったので、拾った運転免許証を、自分のものとして、使ってしまいました。このことも、新藤美由紀には、幸いしました。その間に中原明日香の死は、自殺と断定されてしまったからです。このあとに起きたことは、今のところ想像ですが、さほど事実と違ってはいないだろうと思っています。谷村有子は、他人の運転免許証を、不正に、使っていたことがばれて、運転免許証を新藤美由紀に返却させられました。気位の高い新藤美由紀が、この時には珍しく、笑って許し、谷村有子に対して、怒りもしなかったそうです。優しかったのではなくて、自分が落とした免許証を、谷村有子が拾っていたのかと確認してほっとしたのだろうと、私は、考えます。そのあとで、谷村有子は殺されてしまうのですが、その理由は、谷村有子のほうにもあったと思われます。彼女は、日頃、何かにつけてうるさい新藤美由紀が、どうして、この時に限って、優しかったのか、それを、不思議に思って、彼女なりに、いろいろと、考えたのではないでしょうか？　そして、運転免許証を拾ったのが、自殺した、中原明日香の自宅近くだったことを、思い出したのだと思います。そして、ひょっとすると、中原明日香は自殺ではなく、新藤美由紀に、殺されたのではないのかと、考えます。谷村有子は、二十七歳になっても依然として、その他大勢の女優でしかありませんでした。また、谷村有子が借金を作っていたという話も、出てきました。そこで、彼女は、有名女優の、新藤美由紀を、強請《ゆす》ったのではないかと考えられます。新藤美由紀も『愛する目撃者』のシナリオを読んでいたので、このドラマが、どんなストーリーで、どんなふうに撮影されるのかをしっていましたから、強請られた金を、京阪宇治線の沿線、木幡の近くで渡すと、谷村有子に、約束したのではないでしょうか？　撮影現場では人気《ひとけ》が多いので、大久保圭太と一緒にいる谷村有子に、電話をし、別の人気のないところへ呼び出したのでしょう。撮影中とはいえ大女優からの連絡ですから大久保圭太も怪しいとは思わなかったはずです。ドラマの撮影が、進行している途中で殺せば、ドラマの出演者たちに、疑いの目が、向けられるだろうと、新藤美由紀は、考えた。木幡の近くで、谷村有子は、殺されましたが、たまたま、一緒にいた大久保圭太も、殺されてしまいました」

「ちょっと待ちたまえ」

と、その時、三上が、口を挟んだ。

「新藤美由紀は、女性だ。谷村有子ひとりだけなら何とか殺すことは可能だったと思うが、大久保圭太という、三十歳の男も一緒に、彼女ひとりの手で、殺すのは、難しいんじゃないかと思えるが、そこのところを、君は、どう考えているのかね？」

「同感です。私は、新藤美由紀に共犯者がいたと、考えています。新藤美由紀は、有名な女優で、独身で美人です。その上、収入も多い。そんな彼女のためなら、喜んで殺人を犯す男がいたとしても、決して、おかしくはないと思うのです。おそらく、その男は、芸能界で、新藤美由紀の近くにいる人間でしょう。カメラマンの助手か、あるいは、助監督とか、いくらでも、考えられます」

十津川は、続けた。

「次は、葛西信です。葛西信は、谷村有子と五年間も、同棲生活を、送っていました。彼は、谷村有子と、同じように、売れない、その他大勢の俳優でしたが、今回のドラマで、やっと、役らしい役をもらいました。その葛西信ですが、おそらく、谷村有子が、どうして殺されたのか？　そのことに、疑問を持って、考え続けていたに、違いありません。彼なりに、調べて、われわれと同じように、谷村有子が拾った、新藤美由紀の運転免許証が、ひょっとすると、殺人の動機になっているのではないかと、考えたのではないでしょうか。また中原明日香の事件を思い出し、この二つを結びつけて、確証はなかったでしょうが、新藤美由紀を脅したのではないでしょうか。何しろ、葛西信は、何年も苦労していて、谷村有子と同じように、金がほしかったのかもしれません。その葛西信も殺されて、死体が、京阪宇治駅の構内にある物置のなかで、発見されました。こちらも、新藤美由紀が、ひとりで殺したのではないでしょう。おそらく、共犯者が、殺して物置にほうりこんだのだと思います。ただ、誘い出したのは、間違いなく、新藤美由紀でしょう。わざわざ京阪宇治駅の物置に、死体を、ほうりこんだのは、そうすることによって、犯人が、ドラマの俳優か、撮影スタッフのなかに、いると、警察に思わせるためだったと、考えます。

そして、前の二人と無関係に思われる白石幸次郎です。白石幸次郎は、国務大臣を務めていたほどの大物政治家ですが、こと女性に関しては、だらしがないと、いわれていました。そのことが、大臣の椅子を摑むためには、どうしても邪魔になると考えて、つき合っていた女性のひとり、川辺裕子と、結婚しました。しかし、生来の女性好きは、直らず、国務大臣になっても、新藤美由紀や、中原明日香と、つき合っていました。そして、中原明日香が、新藤美由紀に、殺されました。その後、白石幸次郎は新藤美由紀と、しばしば、会っていたと思うのです。そのことに、腹を立てて、妻の裕子は、夫と、別居をしてしまいました。そうなると、ますます、白石幸次郎と、新藤美由紀の関係は、深くなったと思いますが、そのうちに、白石幸次郎は、ひょっとすると、中原明日香は、自殺ではなくて、この新藤美由紀に、殺されたのではないかと、考えるようになったのではと、思うのです。しかし、白石幸次郎が、新藤美由紀を、強請ったとは、思えません。彼は、資産家の家に生まれ、別に、金に困ってはいませんでしたから。たぶん、新藤美由紀に対して、横柄な態度をとるようになったと思うのです。例えば、新藤美由紀がわがまま勝手にふるまったりした時、中原明日香を殺したのは、お前じゃないのかと、いって、彼女を脅したりしたのではないかと思うのです。新藤美由紀のほうは、白石幸次郎も、自分にとって、危険な存在になってきたと考えて、彼を殺すことを、考えるようになったと思います。しかし、うまく殺さないと、今度こそ自分が疑われる。そこで新藤美由紀が目をつけたのは、京人形です。実は、京都の有名な京人形師が、中原明日香のファンで、彼女に顔を似せた京人形を、作って、それを、中原明日香に、贈ったことがわかっています。その後もう一体作られて、一つは、中原明日香が、白石幸次郎に、贈りました。もう一体は、中原明日香自身が、自分の家に、置いていたのだろうと思います。五月九日に、新藤美由紀は、中原明日香を訪ねていき、睡眠薬を、飲ませて眠らせたあと、ガス自殺に見せかけて、彼女を、殺しました。その時に、彼女の家にあった京人形を盗んだと思います。もちろん、その時には、白石幸次郎を殺そうとは、考えていなかったと思いますね。白石幸次郎を殺そうと考えた時、その京人形を使うことを思いついたに違いありません。新藤美由紀が、自分で考えたのか、それとも、共犯者、それは男性でしょうが、その男性が、考えたのかは、わかりません。とにかく、京人形のなかに、プラスチック爆弾と携帯電話を、仕こみました。新藤美由紀は、白石幸次郎の家に、遊びにいった時、彼の目を盗んで、二体の京人形を、すり替えたのです。その後は、計画どおりに、白石幸次郎を、爆発によって、殺しました。これが、今までの、連続殺人事件について私が勝手に、推理したことですが、それほど間違ってはいないと思います」

「しかし、どうやって、君は、自分の推理が正しいことを、証明するのかね？　新藤美由紀が、犯人だという、証拠らしい証拠は、今のところないわけだろう？」

と、三上が、いった。

「その件で明日、京都にいき、京都府警の、赤石警部に会ってきたいと、思っています」

5

翌日、十津川は、亀井刑事を連れて、京都にいき、京都府警の赤石警部に会った。

十津川は、赤石警部にも、自分の考えを、説明した。

赤石は、目を光らせて、十津川の説明を、きいていた。

十津川が話し終わった時、赤石は、にっこりして、

「見事です。私も、十津川さんの推理が、正しいと思います。ただそれを、証明するのは、かなり、難しいのじゃありませんか？」

十津川は、うなずいた。

「確かに、すべての殺人が、新藤美由紀の犯行だと、証明するのは、かなり、難しいと思います。何しろ、最初の中原明日香を殺した事件ですが、すでに、自殺として処理されてしまっていますからね。谷村有子、大久保圭太、白石幸次郎、葛西信の、四人の殺害を、証明するのも、簡単ではないと思っています。谷村有子と大久保圭太の二人は、テレビドラマ『愛する目撃者』の撮影初日に殺されていますが、新藤美由紀がこのドラマに、参加したのは事件のあとですから、彼女のアリバイが不確かでも不思議はない。それに、白石幸次郎の場合は、携帯電話を使った、遠隔操作で、京人形の体内に仕こんだプラスチック爆弾を、爆発させて、白石幸次郎を、殺していますから、このケースでも、新藤美由紀のアリバイを崩すことは難しいでしょう」

「それでは、いったい、どうされるつもりですか？」

赤石が、きく。

「新藤美由紀は、われわれが追及しても、すべての殺人を、否定するに決まっています。問題は、共犯者ということになります。新藤美由紀がひとりで、谷村有子や葛西信たちを、殺したとは、思えないのです。特に葛西信の場合は、殺しておいてから、死体を、京阪宇治線の宇治駅まで、運んでいって、駅構内の、物置に押しこんでいます。新藤美由紀ひとりでは、こんなことは、とてもできません。絶対に、誰か、彼女を助けた人間が、いるはずです。それで、赤石警部に助けていただきたいのです」

と、十津川が、いった。

「もちろんどんな協力でもしますが、十津川さんの推理を、今初めて、きかされましたし、新藤美由紀のプライバシーについては、あまり、知識がありませんから、共犯者といっても、どうやって、捜していいのか、見当が、つきませんが」

と、赤石が、いう。

「私も、いったい、どんな共犯者が、いるだろうかと、いろいろと考えてみました。彼女の単なるファンが、殺人まで手伝うとは思えませんし、新藤美由紀にしても、そんな、共犯者は、信用ができないでしょう。また、新藤美由紀は、現在、三十歳を、超えていますが、十代の時から芸能界で、生きてきています。つまり、芸能界には多くの、知り合いがいますが、一般の社会とは、それほどの、深い繋がりはないという、そんな女性だと、思われます。ですから、共犯者はたぶん、彼女と同じ芸能界の人間だろうと、推測するのです。新藤美由紀は、有名な女優ですが、美人ですから、無名の頃から、彼女にいい寄る男たちが、たくさんいたと、きいています。そこで、芸能界、あるいは、撮影のスタッフ、例えば、助監督やカメラマン、大道具小道具の係などのなかに共犯者がいるのではないかと、考えて、私と亀井刑事で、徹底的に、調べてみたのですが、東京では見つかりませんでした。そこで、考えられるのは、京都の、撮影所になります。新藤美由紀は、現代劇にも出ていますが、時代劇にもしばしば、出ています。時代劇を撮る時には、たいてい京都の撮影所を使うとききました。京都の撮影所、あるいは、芸能プロダクション、そのほかに、新藤美由紀のファンというより崇拝者がいて、そのなかに、共犯者がいるのではないかと、考えたのです。赤石警部に、協力をお願いしたいと、申しあげたのは、そのことなのです」

十津川が、説明すると、赤石は、やっと、納得顔になった。

「お話は、よく、わかりました。刑事たちを動員して、大至急、京都の、芸能界を徹底的に、調べてみましょう」

翌日から、赤石警部と、部下の刑事の聞き込みが始まった。

新藤美由紀は、時代劇にも、よく出ていて、一カ月のうちの、三分の一くらいは、京都の撮影所に、きているから、その時に、どんな俳優、どんなスタッフと、つき合いがあるのかを、調べていった。

調べ始めて三日目に、ひとりの男の存在が、浮かんできた。

古川亘《ふるかわわたる》、二十九歳である。

新藤美由紀は、ここ四、五年、時代劇にもよく出るようになって、京都での撮影の仕事も多くなってきた。東京には、古くから彼女についている、ベテランのマネージャーがいたが、京都でも、専門のマネージャー兼運転手が、必要になってきて、三年前から、京都生まれで、京都育ちの、古川亘という若いマネージャーを彼女が個人的に雇っていた。

東京のマネージャーは、新藤美由紀のほかにもうひとり、これも、有名俳優の担当を、しているのだが、京都では、古川亘が、新藤美由紀の、専属のマネージャーということになっていた。

時には、新藤美由紀は、プロデューサーに、話をつけて、古川亘を脇役で、テレビや、あるいは、映画に、出演させていた。

「古川亘には、以前、つき合っていた女がいたのですが、新藤美由紀の、専属マネージャーになってからは、その彼女とも、わかれて、どうやら、新藤美由紀一筋で、彼女に尽くしている。そういう、感じがしますね」

と、赤石が、十津川にいった。

もう一つ、古川亘についてわかったのは、彼は、京都S大の卒業で、大学時代は、ラグビー部に、入っていたということである。

「古川という男は、体力には、自信があると、友人たちに、自慢しているそうです。仕事がない時には、毎日何キロか走っているそうですよ」

これも赤石警部が、教えてくれた。

十津川たちは、古川亘とつき合っていたが、新藤美由紀のせいでわかれてしまったという女性を捜し出して、話をきくことができた。

彼女の名前は、五十嵐雅美《いがらしまさみ》、京都S大を、卒業しているといい、古川亘の二年後輩に当たるというから、二十七歳である。

現在、四条通《しじょうどおり》で、両親の経営している甘味処、東京でいえば、喫茶店を、手伝っていた。

十津川と亀井、それに、赤石警部の三人は、その店で、自慢のみつ豆を食べながら、五十嵐雅美に、話をきいた。

「あなたは、京都S大を卒業したあと、先輩の古川亘さんと、つき合っていたことがあると、きいたのですが、間違いありませんか？」

赤石警部がまず、やわらかく、きいた。

「ええ、本当です」

「急に、つき合いを、やめてしまった理由を教えてください」

「理由は全部、彼のほうに、あるんです。彼は、昔から、芸能界に興味を持っていて、撮影所なんかにも、よく、遊びにいっていたんですけど、新藤美由紀という女優さんと知り合って、彼女に、京都でのマネージャーをやってほしいと頼まれて、舞いあがってしまったんでしょうね。それからは、暇があると、新藤美由紀のそばに、くっついていました。それで、私のほうからさよならしたんです」

五十嵐雅美は、別に、悲しそうでもなく、あっけらかんとした口調で、いった。

「古川亘さんは、どんなふうに、舞いあがっていたんですか？」

十津川が、きいた。

「彼は、芸能界に入りたくて、仕方がなかったんですよ。でも、コネがないものだから、なかなか入れなかった。それが突然、新藤美由紀という有名女優に、マネージャーをやってほしいと、頼まれたものだから、有頂天になってしまって。その上、ベンツのスポーツタイプを、買ってもらって、新藤美由紀が東京にいる時には、その車を、勝手に乗ってもいいといわれたものだから、よけいに舞いあがってしまって。でも、彼の立場は、マネージャーというよりつき人ね。それでも喜んでる」

「古川亘さんは、自分を、雇ってくれた新藤美由紀さんのことを、どう、思っているんでしょうか？」

「そうですね、女王様と思っているんじゃないかしら？　自分は、女王様を守る、勇敢な戦士。そんなところじゃないかと思うけど」

と、いって、五十嵐雅美が、笑った。

「そんなふうに、見えるんですか？」

「彼のことを、よくしっている昔の友だちなんかは、みんなそういっています」

「女王様だと、いっているんですか？」

「ええ、そうです」

「それで、ベンツのスポーツタイプを、買ってもらった？」

「しばらくは、それが自慢で、乗り回していたんですけど、最近は、新藤美由紀さんから、いろいろなものを、買ってもらっているみたい」

「どんなものを、買ってもらっているんですか？」

「前は実家から、通っていたんだけど、最近になって、マンション暮らしを、始めたり、それから、時々、東京にも、いっているらしいんだけど、その時には、昔なら自由席だったのに、今は、グリーン車に、乗っているそうです」

「それは女優の新藤美由紀が、お金を、出しているんですか？」

「もちろん、そうに、決まっています。彼には、そんなお金ありませんもの。彼は昔、私とつき合っていた頃も、お金がなくて、何かというと、年下の私が、奢っていたんですから。今だってきっと、新藤美由紀さんに、払ってもらっているに、決まっているわ」

「じゃあ、二人は、愛し合っているんでしょうか？」

亀井が、きいた。

「それは違うと思います」

雅美が、きっぱりと、いった。

「彼は、たぶん、年上の、新藤美由紀という女優さんに可愛がられて、有頂天に、なっているんだと思います。それだけだと思います。彼の一方的な思いこみです」

「古川さんと、最近も会っていますか？」

と、十津川が、きいた。

「ええ、二回ほど会っていますよ。京都の町は、狭いですから」

「その時に、彼と、話をしましたか？」

「一度は、新藤美由紀さんと一緒だったから、話は、しませんでした。二度目は、京都駅の近くで会って、ひとりだったので、駅のなかの喫茶店で、コーヒーを飲みながら、話をしましたよ。でも、駄目」

「駄目って、何が、駄目なんです？」

「何か、ぴりぴりしていました。携帯をじっと見ていて、落ち着かないんです。まるで、女王様の命令を待つ家来みたい」

「その電話の相手は？」

「もちろん、新藤美由紀さんですよ。ほかに、彼の女王様はいませんから」

と、雅美がいった。

（これで決まったな）

と、十津川は、思った。

6

京阪宇治駅の駅長から、京都府警の赤石警部に、電話が入った。

駅長はまず、

「宇治駅で、構内の物置から死体が発見された時には、いろいろと、ご迷惑をおかけしました」

と、いってから、

「実は、その後問題の物置近くから、バッジが、見つかったんです。ダイヤで、魚のマークが、かたどられていて中央にルビーで、小さな赤いハートが描かれているんです。かなり、高価なものですが、どうしたらいいかわからなくて」

と、駅長が、いう。

「それは、間違いなく、死体が、入っていた物置の近くに落ちていたんですね？」

「ええ、そうです」

「ほかに、何か、特徴はありませんか？」

「バッジの裏を返すと5という数字が、入っていますが」

「こちらで、調べてみますから、それまでそちらで、保管しておいてください」

と、赤石が、いった。

赤石はすぐ、東京に戻った十津川に、電話をした。

「私が考えるには、どこかの、芸能プロダクションのバッジではないかと、思うんです。もし、これが、新藤美由紀の所属する芸能プロダクションのバッジだったら、事件は、解決しますよ」

そんな赤石の言葉を受けて、十津川は、部下の刑事を動員して、芸能関係のプロダクションを、片っ端から、当たっていった。

赤石警部の読みが、当たっていて、どこのバッジかが、わかった。

東京でも、有数のプロダクションのバッジだった。その芸能プロダクションでは、バッジにも格をつけていて、売れっ子の十人には、本物のダイヤとルビーで作ったバッジを支給しており、そして、そのバッジには、番号がついていた。それを使って、人気を競わせているという。

その番号を調べてもらうと、5番は、新藤美由紀であることが、わかった。

そこで、十津川は、京都府警の、赤石警部と相談して、宇治駅の駅長から、そのプロダクションに、電話をかけてもらうことにした。

こんな電話である。

「先日、京阪宇治駅に、ダイヤモンドとルビーの立派なバッジが落ちていました。こちらで、調べたところ、どうやら、そちらの、プロダクションのバッジだとわかりました。バッジの裏には、5という数字が入っています。こちらに、保管してありますから、もし、特定の人のバッジだったら、本人に、取りにきていただきたい。確認してから、お返しいたします。もし、お出でのない時は、遺失物として警察に届けることになります」

十津川と亀井は、赤石警部たちと、京阪宇治駅で、その電話がどんな効果を発揮するか見守ることにした。

その日のうちに新藤美由紀本人から、駅長に電話が入った。

「自分のバッジだと思うので、明日、そちらに受け取りに、いきます」

という電話である。

翌日、十津川と亀井、そして、京都府警の赤石警部たちが、宇治駅に、張り込んだ。

もし、新藤美由紀が、バッジを取りにきて、自分のものだといえば、葛西信殺しに関係していることを、告白するのと同じである。

何台かの電車が、到着し、発車していった。

午後三時頃、十津川たちの目の前で、電車が停まり、間違いなく、新藤美由紀が、古川亘と二人で、降りてくるのが見えた。

十津川は、それを見て、確信した。

（これで、新藤美由紀は、逮捕できるし、連続殺人事件は、解決した）


（この作品はフィクションで、作中に登場する個人、団体名など、全て架空であることを付記します。）

本書は二〇一七年五月、小学館より刊行されました。

双葉文庫

に-01-113

犯人《はんにん》は京阪宇治線《けいはんうじせん》に乗《の》った

2023年8月9日　第1刷発行

【著者】
西村京太郎《にしむらきようたろう》

【発行者】
箕浦克史
【発行所】
株式会社双葉社
〒162-8540 東京都新宿区東五軒町3番28号
[電話] 03-5261-4818(営業部)　03-5261-4831(編集部)
www.futabasha.co.jp（双葉社の書籍・コミックが買えます）
【印刷所】
大日本印刷株式会社
【製本所】
大日本印刷株式会社
【カバー印刷】
株式会社久栄社

【フォーマット・デザイン】
日下潤一

ISBN978-4-575-52680-6 C0193
Printed in Japan